財神門徒

之8

針鋒相對

劉晉成 著

財
徒
神
門

目錄

第一章 反目

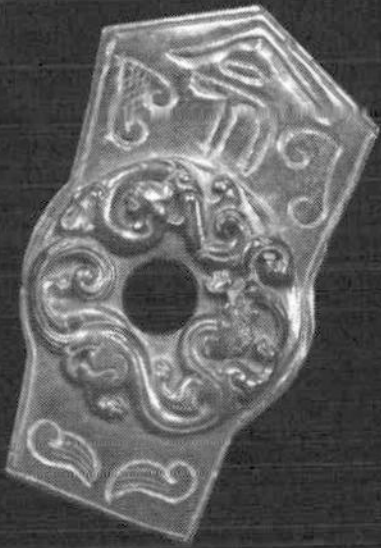

王東來瞧見父親垂頭喪氣的樣子，心想肯定也吃了個癟，問道：「爸，柳大海那王八蛋是不是給你臉色看了？」

王國善道：「你別瞎想了，我好歹是副鎮長，他一個大隊書記還敢把我怎樣？除非他不想幹了。」

王東來一想也對，他爸是柳大海的上級，官大一級壓死人，柳大海敢不給他面子，哪敢連他老爹的面子也不給？

王國善聽了這話，差點沒背過氣去，他顯然沒想到柳大海已經做好了離婚的準備。在懷城縣當地，嫁出去的姑娘就等於潑出去的水，過的是好是壞全靠命，即便是嫁了個再壞的男人，不到萬不得已也絕對不會選擇離婚。

但柳大海卻在了眾人面前說出了那兩個字，只能說明一個問題，那就是他下定了決心要離婚了。

王國善知道柳枝兒一向非常聽她爸的話，這話從柳大海嘴裏說出來，其實和從柳枝兒嘴裏說出來並沒有什麼不同。

「笑話，你閨女已經嫁給我兒子了，我兒子又沒死，她離了婚嫁給誰？柳大海，你可要考慮清楚了，不要讓一時的憤怒沖壞了頭腦，做出錯誤的抉擇。」王國善仍在爭取，儘管他知道今天把柳枝兒帶回去的機會已經很渺茫了，可他來了一趟，連柳枝兒的面都沒見著，實在不甘心就這麼回去。

當他從兒媳的口中知道兒子並沒有那個能力之後，心裏就動了邪念。柳枝兒白淨豐滿，而且是十里八鄉有名的大美人，王國善為了王家不絕後，也為了滿足自己不倫的欲望，決定對兒媳下手。

但老天給了他敢做壞事的膽子，卻沒給他能做壞事的體魄，他幾次騷擾過柳枝兒，都被柳枝兒輕易的打跑了。但是王國善堅信這事只要有第一次，那以後想怎麼樣就都不難了，所以心裏一直沒有放棄，但如果柳枝兒不回去，他就無從下手了。

柳大海抖了抖手裏拎著的狗鏈子，「王國善，我勸你早點回去，否則我可要放狗咬人了。」

王國善看了一眼趴在柳大海腿旁邊的大黑狗，腿肚子直哆嗦，柳大海這人他是瞭解的，是大廟子鎮有名的愣子，膽子奇大，沒有他不敢做的事。如果柳大海萬一真的放狗咬人，王國善心想自己這瘦胳膊瘦腿的，那大黑狗還不把他生吃了。

「柳大海，你千萬要冷靜，如果你真的放狗咬人，我是可以報警抓你的。」王國善把員警搬了出來，希望借此能嚇住柳大海。

柳大海冷笑道：「王老頭，你儘管去報警，我可以斷定，員警來了，在場沒有一個人會說狗是我故意放出去的。你也不想想你當初在咱柳林莊幹了啥壞事，誰會幫你說話？」

王國善曾有幾年蹲點在柳林莊，負責計劃生育工作，農村人重男輕女的觀念非常厲害，所以多數人家都不止一個小孩。因此，當初王國善在柳林莊蹲點的時候，推了不少人家的院牆，也扛走了不少人家的糧食，所以在柳林莊村民的心中，王國善就是個壞透頂的人。當初柳大海把柳枝兒嫁給王國善的兒子時，就招來許多村民的非議。

「跟他囉嗦個啥，放狗咬他！」

圍觀的村民們沸騰了。

林東冷眼瞧著王國善，心想看你老匹夫怎麼收場。

王國善今天面子裏子都丟盡了，恨不得掘地三尺把自己埋進去，實在是沒臉見人了。

柳大海哈哈笑道：「王老頭，群眾的呼聲很高啊，你再不走，我怕我這手一滑，狗躥了出去，我可不敢保證會不會咬傷你。」他一抖狗鏈子，大黑狗明白主人的意思，猛地向前衝去，掙扎著要擺脫鐵鏈的束縛。

王國善嚇得直往後退，撥開人群，推著自行車就跑了。

柳大海見王國善落荒而逃，收起臉上的笑容，揮揮手，看上去一臉的疲憊，「沒熱鬧看了，大家都散了吧。」

圍觀的群眾一哄而散，各回各家去了。

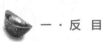

林東走到前面，「大海叔，枝兒真的生病了嗎？」

柳大海道：「你別擔心，枝兒沒事。」

王國善拚命蹬車，出了柳林莊二里地才敢歇下來喘口氣。他本以為他一出馬，

柳大海肯定得給幾分面子，但沒想到柳大海不僅不給他面子，還要放狗咬他。王國善覺得情況很不對勁，柳大海前後的表現反差太大了

他一邊騎車往家趕，一邊在琢磨為什麼柳大海的表現會如此的反常。

天黑之後王國善才到家裏，兒子王東來還坐在門口，見他回來，趕緊站起來問道：「爸，我媳婦呢。」

王國善道：「她生病了，不能下床，暫且不能回來了。」

王東來瞧見父親垂頭喪氣的樣子，心想肯定也吃了個癟，否則不可能是這副表情，問道：「爸，柳大海那王八蛋是不是給你臉色看了？」

王國善道：「你別瞎想了，我好歹是副鎮長，他一個大隊書記還敢把我怎樣？除非他不想幹了。」

王東來一想也對，他爸是柳大海的上級，官大一級壓死人，柳大海敢不給他面子，哪敢連他老爹的面子也不給？

「爸，趕緊做飯吧，我都快餓扁了。」王東來催促道。

王國善把車支好，就進了廚房，開始做晚飯。

林東回到家裏，林母就問道：「東子，柳大海家出什麼事了？鬧哄哄的。」

林東道：「瘸子他爹來要人，大海叔不讓他進門，兩人在門口吵了起來。」

林母笑道：「哦，結果怎麼樣？」

林東笑道：「大海叔假裝要放狗咬人，王國善嚇個半死，兩腿生風，跑了。」

「好啊，柳大海總算是給咱們村出了口氣，王國善當年可把咱們村許多戶人家欺負的那叫慘啊。扒人家的房子，牽人家牛羊，搶人家糧食，壞事做絕，簡直比土匪還土匪。」

林東道：「是哩，剛才吵架的時候，咱村沒一個站出來幫他說話的。」

林母告誡兒子道：「東子，做壞事遲早是要遭報應的，你現在有錢了，可不能學那些有錢就變壞的人，錢要用在正途上，要造福他人，多行善多積德，才能活的心安，活的坦然，那樣才能長壽。」

林東道：「知道了媽，你瞧著吧，未來幾年之內，我一定給咱們鎮乃至咱們縣做點好事。」

林父手裏拎著煙槍走了進來，「你小了不要有點錢就忘了自己幾斤幾兩了，不要好高騖遠，走好腳下的路才是最實在的。」

林東笑道：「爸，你說的也有道理。可我富了，是富了我一人，家鄉貧窮落後的面貌一點都沒有改變，我看在心裏也很著急，所以就想為家鄉做點事情，當然是我力所能及的事情。」

林父道：「這個簡單，你去把雙妖河上的橋修好，就算你積了大功德了。」

老橋垮了半年多了，給全村人的出行帶來了很大的不便，村民們向上面反映了很多次，就是得不到回應。林東心想父親說的對，心裏打算著捐點錢重建一座橋，這的確是一件大功德。

「爸，我一定給雙妖河造一座新橋。」林東道。

林母心疼錢，說道：「兒啊，造一座橋據說要很多錢的，這事應該是政府做的，你別逞能。」

林父道：「孩子他娘，要不怎麼說你們女人頭髮長見識短呢，造橋是花錢，但咱東子要真是把橋造了起來，柳林莊的世世代代都會記住他，這可是再多錢也買不來的。」

林母聽林父那麼一說，心裏有些動搖了，但一想到造一座橋要花費一筆她不敢想像的大數目，心裏就有些不樂意，「老頭子，咱花那麼多錢圖個虛名有啥意思，依我看，還是等公家來解決造橋的事情吧。」

林父甩甩手，「跟你說不通，你趕緊做飯吧，我都餓了。」

林東笑了笑，「媽，在雙妖河上造一座橋花不了幾個錢的，你放心吧。你想想，以後咱們村從橋上走過的人都說，這是老林家兒子捐錢造的，你們二老走到哪裏，臉上都有面子。」

林母笑道：「東子，你想怎麼弄就怎麼弄吧。你媽不識字，眼睛只能看見眼前幾米遠，你不一樣，只要你有想法，媽支持你。做人吶，是要有長遠的眼光才行。」

林東到了灶台後面，「媽，我幫你燒火。」

林母道：「鍋裏燉的是豬肉燉粉條，你把火燒得旺旺的，那樣燉出來的肉才香。」

一直忙到晚上七點，林母做了一桌子的殺豬菜，一家三口圍著飯桌吃著熱氣騰騰的殺豬菜，其樂融融。吃過晚飯之後，林父和林母仍在忙碌著，家裏殺的這頭豬足足有兩百多斤重，他們一家三口在正月裏肯定是吃不完的，等正月一過，氣溫就開始漸漸回暖，所以得把大部分的豬肉醃製起來，以防止腐爛變質。

「爸媽，醃製的豬肉不好吃，我看家裏該買個冰箱了。」林東道。

林父和林母都是很節儉的人，聽說兒子要買冰箱，腦子裏第一個冒出來的想法就是那東西沒什麼用。

「東子，咱們村誰家用過冰箱？咱家也不需要那玩意兒。你覺得醃製的豬肉不好吃，可我們覺得香得很呢。」林母笑道。

林東笑道：「既然你們那麼說，那我就不買了。這麼些豬肉，不得吃到夏天。」

林父道：「是啊，碼上大鹽，等過個十天半個月，再把醃過的豬肉掛在太陽底下曬一曬，等肉曬成乾了，吃到夏天也不會壞掉。」

在林家一家都在忙著醃製豬肉的時候，林東聽到了有人敲門的聲音。

「爸，來人了，我去開門。」

林東走到院子裏，把院門打開，見是劉強和他的父親，忙道：「老劉叔，是你們啊，快請進。」

劉家父子進了門，林父聽到劉強的爸爸來了，從門裏走了出來。

「哎呀老劉，是你們爺倆啊，怎麼不飯前來呢。」林父笑著和他們打招呼。

林東從身上掏出煙，遞了一根給劉父。

「老林哥，在家忙著呢。」劉父看到林父手上沾著的白鹽，知道他應該是在家醃肉呢。

林父笑道：「老劉，快請屋裏坐。」

劉家父子進了屋，劉強就把帶來的煙酒放到了林家的桌子上。

「老劉，你們這是幹啥？」林父道。

劉父笑道：「老林哥，多虧了你家東子，如果不是東子照顧強子，強子現在還在混黑社會呢。過年了，給你們送點東西過來，權當是聊表謝意。」

林父道：「老劉，咱倆在一起共事那麼多年了，你還不瞭解我嗎？能幫助人，那我心裏也快活，俺家東子也是一樣，有點能力，拉他兄弟一把也是應當的。這東西我萬萬不能收，你心意到了就行了。」

「是啊，老劉叔，我幫助強子是應該的，東西你們還是帶回去吧。」林東道。

劉強是個悶葫蘆，從來都不怎麼說話，此刻站在他父親後面，也是一句話沒有。

劉父道：「老林哥、東子，又不是啥值錢的東西，你們要是不收，我這心裏可難安啊。」

林父看了一眼兒子，林東道：「爸，要不咱就收下吧。」

林父點點頭，「老劉，下次可千萬再別搞這名堂了，否則我真的會生氣的。」

劉父笑道：「老林哥，那我就走了，等正月裏我讓強子過來請你們一家過去吃飯，到時候可不要推辭。」

林父道：「這個好說，咱老哥倆到時候喝個痛快。」

林家一家三口把劉家父子送到門外，劉強騎著摩托車載著他爸走了。回到屋裏，林母道：「老頭子，還是老劉比較懂事，你看林光那一家，咱們東子幫了他家二飛子那麼多，到現在也不見他倆口子上門說聲謝啥的。」

林父道：「孩子他娘，你就別操這心了，林光倆口子人不錯。咱們繼續幹活吧。」

一家人一直忙到午夜才把肉全部醃好。

第二天一早，林東還沒起床，就聽到外面傳來吵吵鬧鬧的聲音，一聽都是村裏孩子追逐嬉鬧的聲音，才想到今天是大年三十了，孩子們就快要拿壓歲錢了，這是他們一年當中最開心的時候。

林東翻身下床，穿好了衣服，林母已經準備好了早飯。

「東子，快過來吃飯吧。」

林東端起飯碗，拿了一個饅頭就走了出去。到了院子外面，看到各家各戶大人小孩都穿起了新衣服，每個人的臉上都洋溢著歡樂的笑容。林父端著飯碗正和在他家門口聊天的鄰居們說著話。

「老林哥，下午去小劉莊擲骰子吧。」林輝道，心想林父現在有錢了，過年的時候也該出去玩玩了。

林父道：「今兒家裏有客人，去不了。」

林輝撓撓頭，「今天是大年三十，你家什麼親戚非得今天來啊？」

「是我乾爹。」林東端著飯碗走過來，笑道。

林輝訝聲道：「東子，你啥時候認的乾爹？」

林東笑道：「三叔，就是前幾天吧，是鎮上中學的羅老師，你該認識的。」

林輝直點頭，「是啊，咱鎮上誰不認識他，那可是個好先生，對學生很負責，很熱心。」

林父道：「東子初三那會兒，我在工地上摔斷了胳膊，家裏交不起學費了，要不是羅老師，我兒子可能就輟學不念書了。」

在場眾多鄉親紛紛豎起大拇指，讚歎羅恒良的師德，也讚歎林家父子不忘恩。

林大牛笑道：「東子，我在中學念書的時候，屁股可少沒挨你乾爹的打，現在想起來，那時候我調皮搗蛋，其他老師都不管我，只有你乾爹一個老師還管我，關心我的成績，真是個好老師啊。」

吃了早飯，林東就被父親催著去鎮上接羅恒良去了。

當他開車到了鎮上，下了車，看到王國善和王東來父子倆坐在門口，兩人都手縮在袖子裏，盯著門前的馬路，似乎在期待著什麼。

林東走到羅恒良家的門前，抬手敲了敲門，叫道：「乾爹，在家嗎？」

「咳咳……」

屋內傳來羅恒良咳嗽的聲音，繼而聽到了他的腳步聲，羅恒良拉開門，見是林東，笑道：「東子，那麼早就過來了，我剛吃過早飯，你吃了沒？」

林東道：「乾爹，我從家吃過來的，我一撂下飯碗，我爸就催我過來接你呢，他在家無聊，等著你去聊天呢。」

羅恒良還穿著舊衣服，笑道：「你在這等會兒，我進去換套衣服，過年了，得穿新的。」

羅恒良剛進房間，林東就看到王家父子的頭從門外露了出來。

「你是柳林莊的吧？」王國善笑問道。

林東點點頭，「你們有什麼事嗎？」

王國善從兒子口中得知剛才從車裏下來的男人就是林東，他也知道林東和柳枝兒曾經親都定了，但是卻被柳大海生生拆散了，所以估摸著林東心裏對柳大海的恨應該不少於他們父子倆，因而過來探探林東的口風，看看是否有合作的機會。

「是這樣的，」王國善笑著遞來一支煙，林東沒有接，「我知道你們家和柳大海不對勁，這柳大海也實在是過分，把我兒媳婦關在家裏不讓她回婆家，這讓我們爺兒倆的年怎麼過喲！」

林東不想聽他廢話，打斷了王國善說話，「你有什麼事情就直說吧。」

王國善道：「我想你心裏也非常恨柳大海吧，我看到你現在有大出息了，有能力了，有沒有想過報復柳大海呢？」

林東道：「噢，我明白你的意思了。昨天我看到你在柳大海家門前鬧了，那場面夠熱鬧的啊。你鬥不過柳大海，所以想拉上我和你一起是吧？」

王國善笑道：「對，我覺得在對待柳大海的問題上，咱們的最終目的是一致的，所以想跟你合作。」

林東笑道：「你們暫時先回去，今天是年三十，有些事情我不想討論，等過些日子，我來找你們。」

王家父子大喜，連連點頭，剛出了羅恒良家，羅恒良就換好衣服從房裏走了出來。

「東子，你怎麼能和王家父子混在一塊呢？我和他們是鄰居，這兩人什麼德行我一清二楚。我跟你說，他們可不是好人。」羅恒良不明就裏，說了一大通話。

林東笑道：「乾爹，我知道他父子倆是什麼樣的人，具體的我也不方便多說，你放心吧，你乾兒子不是壞人，我有我的想法。」

羅恒良歎了口氣，「你在這等我會兒，我進去拿兩瓶酒。」

林東叫住羅恒良，「乾爹，你拿酒幹啥？」

「過年了，去你家總不能空兩手吧！」羅恒良道。

「這有啥，咱不講究這些，我們一家可沒把您當外人。」林東道。

羅恒良已經拿了兩瓶酒在手裏，「這是禮儀，不可失也。」

林東知道羅恒良最看重的就是禮節，當下也就不再說什麼了。羅恒良鎖了門，跟著林東朝車子走去。王家父子坐在門口看到林東出來，朝他熱情的揮了揮手，林東裝作沒看見。

開車載著羅恒良到了家裏，林父老遠聽到了車聲，已經迎到了門口。

「羅老師，可算把你盼來了。」

羅恒良拎著兩瓶酒下了車，把酒塞到林父懷裏，「老夥計，別嫌差，收著吧。」

林父一看，羅恒良帶來的兩瓶酒在當地也不算差了，笑道：「羅老師，你來就來了，帶東西幹嘛，太見外了不是。」

羅恒良道：「這不過年嘛，有些學生回家了過來看我，我家收了不少酒呢。」

二人走到堂屋門口，靠牆而坐，曬著太陽，邊抽煙邊聊天。

林東開車進村的時候就聞到了家家戶戶廚房裏飄出來的香氣，在懷城縣農村，大年三十中午這頓和晚上那頓同樣重要，所以一般吃過早飯之後，各家各戶的家庭主婦就開始張羅中午那桌菜了。

站在院子裏，可以清楚的聽到左右鄰居家廚房裏傳來的油炸聲和聞到一陣陣油煙的香氣。

林東左右無事，就進了廚房，見母親正在切菜，知道父親向來是不問廚房裏的事情的，母親一個人忙前忙後，實在辛苦得很，笑道：「媽，你忙別的吧，我幫你切菜。」

林母道：「你該幹啥幹啥去吧，別沾了你一身油灰。」

林東笑道：「媽，您看您說的，我在蘇城的這兩年也經常自己做菜吃的，廚房裏的事情我多少會點，再說我也實在沒事，我爸和我乾爹聊的話題我聽不懂，也插不進話。」

林母放下菜刀，在圍裙上擦了擦手上的水，「那你先把這塊肉一半切片，一半切絲，再把馬鈴薯削皮，切成塊，我燒牛肉要用。」

「好的。」

林東拎起菜刀，熟練的切了起來，林母瞧了瞧他的刀工，就知道兒子剛才並不是吹牛，在蘇城的這兩年也一定經常自己燒菜。

娘兒倆在廚房裏忙活，邊幹活邊聊天。林母對高倩非常感興趣，纏著兒子問這問那，從高倩的長相問到性格，又從高倩的性格問到習慣。娘兒倆忙活了大半個上午，過了十二點才把所有的菜都燒好了。

「東子，喊你乾爹和你爸吃飯。」林母道。

林東走到廚房外面，朝坐在那聊天的兩個爸道：「乾爹、爸，洗手吃飯了。」

林父起身道：「羅老師，你先去，我拿兩瓶酒。」他從堂屋的櫃子裏拿了一瓶林東從蘇城帶回來的茅臺和一瓶顧小雨給林東的懷城大麴特供酒。

林東和母親將所有菜都端上了桌，整整一桌子菜，比往年過年林家飯桌上的菜看要豐富的多。

「哎呀呀，老嫂子，辛苦你啦。」羅恒良瞧著滿桌子的菜，向做這些菜的林母致謝。

林母笑道：「羅老師，辛苦啥，這都是我應該做的。你要是想謝我，就儘管敞開肚皮吃，千萬別客氣。」

羅恒良笑道：「這是在我乾兒子家，我不會客氣的。」

林父將兩瓶好酒放到羅恒良面前，「羅兄弟，看看這酒怎麼樣。」

「喲，國酒茅臺，我這輩子只聽說過還沒喝過，看來今天有口福了。奇怪了，另外這瓶是懷城大麴吧，但怎麼跟一般的懷城大麴有點不一樣啊？」羅恒良很納悶，懷城縣人沒有不熟悉懷城大麴的，但眼前的這一瓶的確是與眾不同。

林父把特供的懷城大麴旋開了蓋子，「羅兄弟，你聞一聞。」

羅恒良把鼻子湊過去嗅了嗅，「嗯，這不是懷城大麴，懷城大麴怎麼可能有那麼醇香的味道！」

林父笑道：「羅兄弟，這就是懷城大麴，不過，卻是特供的懷城大麴，聽東子說，一年只產兩三百瓶。」

羅恒良道：「難怪與眾不同，有錢就是好啊，連特供酒也能弄到。」

林東笑道：「乾爹，這是我一個在縣委的同學送我的，不是拿錢買來的。你們先喝著，感覺不錯的話，我再拜託她多弄點給你們。」

一家人圍著飯桌坐了下來，林父負責斟酒。

林父作為一家之主，每年在這個時候都會說兩句，今天雖然有羅恒良在場，他

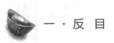

也照例開了口。

「哎呀，一晃又是一年。今年過年與往年不同啊，往年我是怕過年，因為一到年關，我就得愁怎麼把欠人家的錢還了。今年不同，我走到哪兒都昂首挺胸，誰見了我都豎起大拇指誇我生了個好兒子。東子有出息了，咱做爹的為他高興。來吧，咱們都喝一杯。」

四人端起酒盅，乾了一杯。

羅恒良放下杯子，還在品味這特供酒的味道：「嗯……入口綿柔，辛味淡，仔細品品，帶著絲絲的甜味，是陳年老酒，不是五塊錢一瓶的懷城大麴可比的，果然是特供酒，好酒啊！」

林父道：「羅兄弟不愧是知識份子，有文化，不像我，只能喝出來好，但是說不出來好在哪裏。」

林母搖搖頭，「這酒我品不出來有什麼好，在我嘴裏都一樣，辣。」

林東笑道：「媽，你不愛喝酒就多吃菜，可別待會把自己喝暈了。」

「孩子說得對，你品不出來就少喝點，留給我們吧。」林父笑道。

林東喝了半斤左右，剩下的幾乎全部是羅恒良和林父喝掉的，喝乾了那瓶特供的懷城大麴，又把那瓶茅臺也幹掉了。羅恒良對這國酒茅臺是讚不絕口，稱這酒不能多喝，否則一旦喝慣了，再喝其他的酒，那就難以下嚥了。

午飯吃完過後，林父沒讓羅恒良回去。

「羅兄弟，我找幾個人來陪你打牌，晚上吃完飯你再回去。」

羅恒良喝得有點高了，笑道：「好啊，過年了，我也耍耍。」

林父找來兩個年紀相仿的族內兄弟，四人湊成一桌，玩起了麻將。林東在旁邊看了一會兒，實在覺得沒意思，就想著去哪兒逛逛。

第二章

誰許誰的地老天荒

曾經，在這塊石頭旁，他們無數次的擁抱在一起，無數次的吻在一起。

經歷了被迫的分離之後，他們再一次來到了這裏，再一次擁抱在了一起。

在彼此的眼中，兩個人都還是曾經心裏最美好的戀人，從未改變。

豆蔻年華，誰許誰的地老天荒……

像柳林莊這樣落後的村莊，大人們可娛樂的項目並不多，而賭錢就成了他們過年時娛樂的第一選擇。一來過年時大多數家庭裏都能積攢點錢，二來勞累了一年，放鬆放鬆也是應該的。所以每到過年，從村頭到村尾，男女老少都興致勃勃的參與到賭錢這項娛樂活動中，就連一向熱衷於抓賭的鎮派出所也消停了下來，在正月裏是不會進村抓賭的。

林東對賭博沒興趣，在家看了一會兒打麻將就出了家門。

出了院子，門外的土路上不時有嬉鬧的孩童跑過，有的是為了爭奪一個鞭炮而扭打在一起，有的是拿著冰塊扔前面的玩伴。林東想起了自己小的時候，大過年時，父母會給他一兩塊錢，讓他去村裏的小賣部裏買幾盒鞭炮，或是買一把玩具槍，那是他一年中最開心的時候了，因為不僅可買玩具，還可以連續吃很多天的肉。

他沿著門前的土路往村子西邊走去，穿過了三排村莊，不知不覺中來到了後山前面。

冬天到了，後山上的灌木都變成光禿禿的。懷城縣地處平原地帶，全縣境內也沒有一座山，後山其實也就是個人一點的土丘，當地人稱之為山而已。他記得小的時候，經常在冬天裏上山去找兔子窩，當然有時候也會跟在獵人後面看打黃鼠狼和野雞。

林東沿著羊腸小徑往山上走去，後山的坡度平緩，最高的地方大約也只有海拔一百米左右。

越往上走風就越大，他把風衣的領子豎了起來，找了一塊石頭，坐了下來。以前這塊石頭就是他和柳枝兒經常約定見面的地方，柳枝兒經常偷偷把家裏的零食或者好吃的帶出來，然後把他約到這裏，拿出來給他吃。

林東還想起來兩個人在山上玩過的過家家的遊戲，那時候兩小無猜，後來他考上了大學，兩人真的訂婚了，才算正式的開始交往。大學期間，林東寒暑假回來的時候，兩個人還會約在這裏見面，因為這裏比較安靜，很適合談情說愛。

林東清楚的記得，在大一的暑假，他就在現在坐著的這塊石頭旁第一次親吻了柳枝兒。那時候他倆都是第一次接吻，都很緊張，當兩個人擁吻在一起的時候，都能感到彼此的身體因緊張而發生的顫抖。

兩個毫無接吻經驗的年輕人瘋狂而又熱烈，直吻得彼此的臉上都是對方的口水，這才分開。林東對那次接吻的印象特別深刻，那感覺緊張而又刺激，吻完之後才發現身上不知道出了多少汗水，把衣服都浸濕了，就像是跑完了一萬米似的。

「枝兒……」

林東在嘴裏念叨著柳枝兒的名字，神情恍惚，有關兩人在這裏的回憶似潮水般卷來，一波接一波，翻滾不絕。

也不知過了多久，似乎有人在叫他。

林東回過神來，簡直不敢相信自己的眼睛，「枝兒，你怎麼在這兒？」

柳枝兒怯生生的站在林東面前，也是一臉的驚訝，說道：

「東子哥，我也沒想到你會在這裏。我爸我媽都出去打牌玩了，我一個人在家覺得無聊，走著走著就來到了後山這裏，爬到了這裏就看到你坐在石頭上。剛才你怎麼了？我叫了你好多聲你才回答我。」

林東笑道：「我正想著咱倆以前在這裏發生過的事情呢，沒想到，你就出現了。」

柳枝兒俏臉忽地通紅，就是在這裏，她曾和心愛的男人接吻，也曾接受了心愛之人的撫摸，那種感覺她這輩子也難忘掉，現在想起來，身體還會莫名其妙的發燙發熱。

「東子哥……」柳枝兒低聲叫了林東一聲。

林東道：「枝兒，怎麼啦？」

「我想起你以前高中放假回家，知道你在學校學習壓力大，非常的累，我就讓你坐在這兒給你揉揉肩膀。東子哥，你坐下來吧，讓我再給你揉揉肩，好不好？」

柳枝兒睜著大大的眼睛，滿含期待的看著林東。

林東坐了下來，笑道：「枝兒，那就辛苦你了。」

柳枝兒走到林東的身後，兩隻手搭在林東的肩膀上，忽急忽緩，忽輕忽重，每次用力都恰到好處。

林東閉上眼睛，漸漸的全身心放鬆下來。柳枝兒捏完了他的肩膀，蹲下身來為林東捶背，過了好一會兒，才停下來。

林東睜開眼睛，笑道：「枝兒，你的手藝比專業的還要好，經你那麼按摩一番，我感覺全身上下鬆快多了。」

柳枝兒笑道：「你盡會說好聽的話哄人開心，我的手藝哪比得上人家專業的師傅。」

林東低頭看到柳枝兒凍得通紅的手，山上風大，天又那麼寒冷，柳枝兒手露在外面為他按摩了將近半個小時，難免凍得發紅。

林東解開風衣的扣子，拉過柳枝兒的手，「枝兒，把手放進我的衣服裏，這樣會暖和些。」

柳枝兒很緊張，手臂非常僵硬，伸的直直的，一雙手也不知道放在哪裏是好，就這樣懸在半空。

林東展開雙臂抱住了柳枝兒，「枝兒，你別那麼緊張，放鬆些，抱住我。」此刻，柳枝兒腦子裏一片空白，也沒有聽到林東說什麼。

「枝兒……」林東又輕聲叫了她一聲。

柳枝兒這才回過神來，「東子哥，怎麼了？」

林東笑道：「你這樣手臂伸的直直的，不累嗎？放鬆些，把手放在我的腰上。」

柳枝兒猶豫了一下，在林東目光的注視下，低下了頭，抱住了林東。

「這樣是不是暖和了許多？」

「嗯……」

二人就這樣相擁佇立在後山上，耳邊是呼嘯而過的北風，埋首在林東的懷裏，柳枝兒只覺此刻的風都是暖的。

「今天上午我去接羅老師，王家父子找我了。」林東道。

柳枝兒驚恐的道：「東子哥，他們知道是你要我離婚的啦？」

林東搖搖頭，笑道：「你別緊張，王國善是自作聰明，想找我合作對付大海叔呢。」

柳枝兒送了一口氣，問道：「你怎麼說的？」

「我說我會找他談談的，那父子倆以為我答應和他們合作了，高興地走了。」

林東笑道。

柳枝兒道：「東子哥，我瞭解他們父子，你和他們見面的時候，千萬不能心軟，他們都是貪得無厭之人。」

林東道：「我會開一個價錢給他們，如果他們配合我，我會給他們一筆錢。如果不答應，或者是借此獅子大開口，我會讓他們一分錢也拿不到。」

柳枝兒靠在林東懷裏，「東子哥，我什麼時候才能跟你去蘇城啊？」

「快了……」

林東低下頭，在柳枝兒的秀髮上親了一口，柳枝兒感受到了他嘴唇的溫度，抬起頭，眼中閃爍出火熱的光芒，似乎在期待著什麼。

曾經，在這塊石頭旁，他們無數次的擁抱在一起，無數次的吻在一起。經歷了被迫的分離之後，他們再一次來到了這裏，再一次擁抱在了一起。在彼此的眼中，兩個人都還是曾經心裏最美好的戀人，從未改變。

豆蔻年華，誰許誰的地老天荒……

「枝兒……」

「東子哥……」

林東灼熱的鼻息噴在柳枝兒如玉的臉上，柳枝兒閉上了眼睛，長長的睫毛微微閃動，期待已久的事情就要來了，心裏竟是說不出的緊張與幸福。林東俯下身去，吻上了柳枝兒飽滿水潤的唇。

……

二人坐在石頭上聊天，快樂的時光總是過得非常的快，不知不覺已到了日落西山的時分，可這一次他們再也不能手牽著手走下山去。

「枝兒，你先回家吧。」林東道。

柳枝兒點點頭，「東子哥，你也早點回家，天很快就黑了，到了晚上，山上可不安全。」

林東笑道：「你放心吧，你下了山之後，我馬上就回去。」

柳枝兒往山下走去，三步一回頭，依依不捨的下了山。

林東在山上抽了根煙，估摸著柳枝兒已經到家了，這才下了山。路過柳大海家門口的時候，看到柳枝兒站在門口。柳枝兒對他使了個眼色，告訴林東，你安全回來我就放心了。

這時，村口響起了一陣陣摩托車的馬達聲，林東扭頭望去，見王家父子帶了一幫人正朝這邊趕來。

「枝兒，不好了，王家父子來搶人了，你趕快把大門拴好，回家打電話給大海叔，要他馬上回來。」林東急忙道。

柳枝兒一聽這話，立時六神無主，好在有林東在這裏，只要按他所說的做就可以了。她迅速的拴好了大門，跑進屋裏，把堂屋的門也拴好了，然後立馬給柳大海打了個電話。

「爸，王東來和他爸帶著一幫人朝咱家來了！」

柳大海正在小劉莊擲骰子，一聽這話，立馬把桌上的錢往兜裏一揣，叫上一起來賭錢的幾個族裏的兄弟，「王家帶人來搶人了，別玩了，都跟我回去！」

柳姓兄弟一聽，頓時就都拍了桌子。

「敢來搶人，還有沒有王法啊！」

一夥人湧出了門，開著摩托車就往柳大海家裏趕。

王家父子帶了族裏十來個青壯年，都站在一輛農用機動三輪車裏，一夥人風風火火朝柳林莊撲來。

王國善心想今天是大年三十，以他對柳大海的瞭解，這廝在午飯過後肯定會出去賭錢，所以他先派人進村打探了一下，一問之下，柳大海果然不在家，就連柳大海的老婆孫桂芳也出去打麻將了。

探子回去之後，王國善緊急召集了一幫族裏膽大的年輕人，趕到柳林莊來搶他兒媳婦回去，心想兩個大人都不在家，搶人應該不難，到時候把柳枝兒押上了車，立馬趕回鎮上，只要人進了王家，就算他柳大海有天大的本事，也無能為力。

林東瞧見那夥人已經進了村，手裏都還拿著棍棒之類的傢伙，看來是做好打硬仗的準備了。他一皺眉，迎了上去。

王國善看到林東走過來，下令停下了車，「小兄弟，你怎麼來了？」

林東道：「你們是來搶人的吧？」

王家父子點點頭，王東來道：「媳婦不回家，這年沒法過了，只好來搶了。」

林東大聲道：「都回去吧，你們搶不到了，我剛才路過他家門口，他們已經發現你們來了，門都拴好了，你們進不去。」

王國善笑道：

「這個你不用擔心，我們已打聽好了，柳大海倆口子不在家，這就好辦了。門拴了我們可以翻牆進去，搶了人往車上一拉，一溜煙趕回鎮上，等柳大海回來，就讓他蹲在地上哭吧。哈哈……」

林東心想看來沒法勸說王家父子帶人回去了，看來只能拖延時間，等到柳大海回來，這夥人只要發現搶不到人，那麼就應該會撤走了。

「我說王鎮長，你好歹是咱們鎮副鎮長，公然帶著人進村來搶人，說出來不大好聽吧，你就不怕影響不好？」林東瞧著王國善。

王國善陰冷冷的道：「副鎮長？連柳大海這個村支書都不把我放在眼裏，還有啥勁頭幹這鳥差事！」

「王鎮長，這你就錯了，你還有幾年就退休了，一旦你今天把人從這搶走了，柳大海不依不饒，告到縣裏，那可不是開玩笑的，弄不好你的飯碗就丟了，到時候辛苦了幾十年，臨了被開除了，連退休金都拿不到，這個不划算吧？」

林東的話說到了王國善的軟肋上，他沉默了一會兒。

王東來見父親動搖了，連忙用胳膊捅了捅王國善，說道：

「爸，是我媳婦重要還是你的飯碗重要？再不去就來不及了，柳大海一得到消息，肯定會帶人趕回來的，到時候咱們想全身而退都難。」

林東心中冷笑，看來這關鍵時刻，王東來的頭腦倒是比他爹清醒多了。

王國善心一橫，「他娘的，老子來都來了，現在要是回去，還不被你們柳林莊的人笑話死。開車，走！」

林東攔在車前，一步也不肯退讓，王國善現在才發現，這小子似乎不是和他一條戰線上的。

「小兄弟，你趕快讓開，我們要去搶人了。」王國善揮手道。

林東攔在車前，「王家的，你們都聽著，如果你們今天敢進去搶人，我要你們一個個都至少吃兩頓牢飯。」

「姓林的，你什麼意思？」王東來怒罵道。

林東冷冷道：「瘸子，我的意思是你們現在就回去，啥事都沒有。如果你們不聽勸的話，我現在就報警！」

「你敢報警！撞死這孫子！」王東來對開車的那個年輕人怒吼道。

那開車的是個十七八歲的小夥子，膽大包天，聽王東來那麼一說，一踩油門，就朝林東撞去。林東心知是遇到愣頭青了，可不能跟他比愣，趕緊閃身避開。王東來見林東跳開了，哈哈大笑。

「兄弟們，向著柳大海家前進。」

林東從剛才的驚險中回過神來，知道必須攔住這群人，否則這幫不要命的狂徒還不知道要對柳枝兒做出什麼事情來。他發足狂奔，朝載著王家族人的車子追去。

王家一夥人把車停在了柳大海家門前，開車的那個年輕人已經把車掉了頭，只要一把柳枝兒弄出來，他們就立馬趕回鎮上。

林東跑到柳大海家門前的時候，王國善和瘸子已經在指揮年輕的族人攀牆了。柳大海家的牆頭是柳林莊最高的，足足有三米那麼高，幾個年輕人手忙腳亂，爬上去又滑下來，沒一個成功上得了牆頭的。

王東來急得頭上直冒汗，「你們這幫沒用的傢伙，你哥哥我如果不是摔斷了腿，就這牆頭，我兩腳就蹬上去了。」他並沒有吹牛，王東來沒摔斷腿之前，的確是一個翻牆越戶的好手。

林東衝到近前，大喝一聲：「都給我下來！」

王東來手裏拎著棍子，指著林東，吼道：「姓林的，你給我滾開，否則別怪我不客氣。」

林東眼看有一人就要翻上了牆頭，剛想衝上前去把他拉下來，卻見那人捂著眼睛從牆頭上摔了下來。

「王三，怎麼啦？」

王國善趕忙跑過去看看情況，人是他帶來的，萬一有個三長兩短，他可逃脫不了責任。

「哈哈，打中了打中了……」

院子裏傳來柳根子的笑聲，這個王三就是被柳根子拿著玩具氣槍擊中眼睛，才從牆頭上摔下來的。

「根子，趕緊進屋去，把門拴好。」林東吼道。

王東來沒曾想牆頭都沒爬上去，自己這邊已經折損了一員，提著棍子，一瘸一拐的朝林東走來。林東正對著牆頭，未防王東來從後面偷襲，聽到腦後有風聲之後，心知不好，側身想要避開，那棍子沒砸到他的頭，卻砸中了他的肩膀，火辣辣的疼，頓時激怒了林東。

王東來本想一棍子把這個煩人的傢伙敲暈過去，沒曾想沒能砸到頭，見林東怒目瞪來，殺氣騰騰，手裏攥緊了棍子，下意識的往後退了一步，「姓林的，你想幹嘛？別亂來，我有棍子。」

林東往前躥出一大步，抬腿就朝王東來胸口踹去。王東來提起棍子想要砸林東的腿，剛拎起棍子，已被林東踹到了胸口，倒飛了出去。王國善見兒子被打，趕緊招呼眾人，「都過來，揍這小子。」

十來個青壯年朝林東圍來，林東撿起王東來丟在地上的棍子，握在手裏，怒吼道：「我看哪個敢來！」

其中一個身材高大壯碩的，二話不說，拎起棍子朝林東面門砸來，林東目光一寒，躲開了那一棍子，手中的棍子手起棍落，掃中了那人的小腿，那壯漢「哎呀」一聲，捂住小腿倒在地上打滾。

剩下的幾人見林東那麼悍勇，都駐足不前，害怕也如同伴那樣挨他的棍子。王國善吼道：「大家一塊兒上，他一個人能打過你們那麼多人嗎？」

眾人這才醒悟過來，一哄而上，林東打倒兩個，身上也挨了幾棍子，身上的風衣被棍子刺開了一道口子。

正當他一人與王家族人激戰之時，柳大海帶領族裏的兄弟們趕到了。

「王國善，你個老不死的，敢帶人來我家搶人，不想活了是不是？」

摩托車開到近前，眾人直接把車往地上一扔，就衝過來加入了戰團。柳大海帶來的人雖然只有四五個，但各個都是常年勞作的壯年，力氣要比這些二十歲左右的王姓族人要大很多。

林東見柳大海到了，就撤出了戰團。

柳大海等幾個人十分勇猛，很快就把王家父子帶來的幾個人打趴下了。

王國善瞧見柳大海兇神惡煞的模樣，嚇得半死，見柳大海一步步逼近，胡言亂語道：

「柳大海，你不要亂來，我可是朝廷命官，毆打朝廷命官可是要吃官司，挨板子的。」

柳大海冷笑道：「去你的朝廷命官，王國善，你嚇傻了吧，皇帝都沒了一百多年了，還朝廷。老子打你怎麼了！」一把抓住王國善的巴掌，甩手給了他兩巴掌，打的王國善嘴角都出血了。

「誰借你的膽子？敢到我家搶人！好，我讓你們有來無回！」柳大海犯起了渾，握緊拳頭就要朝王國善的臉上砸去。

「大海叔，慢著。」林東及時制止了柳大海。

柳大海問道：「東子，怎麼啦？」

林東道：「大海叔，你把他放下，我有話對你說。」

柳大海把王國善往地上一扔，「王老頭，老實點。」走到林東身邊，問道：「東子，怎麼？」

林東道：「大海叔，報警吧。」

柳大海驚道：「東子，不能報警，咱們也打人了，員警來了講不清楚。而且王國善是副鎮長，和鎮上派出所的劉所長關係都不錯，咱們要是進去了，有理也變成沒理。」

林東笑道：「你放心，我是想到了個整王國善的法子，你儘管報警，我包管鎮裏派出所的人不敢把咱們怎麼著。」

柳大海猶豫了一下，決定聽林東的，拿出電話，報了警。

林東朝王國善走去，「王鎮長，我們已經報警了，你今天帶人上門挑釁惹事，實在不是一個公務人員應該做的。」

王國善一聽說報警了，心中大喜，鎮派出所的劉三名與他關係不錯，只要進了派出所，他就可以指使劉三名報復柳大海等人，到時候讓他們有冤也無處去喊。

柳枝兒在屋裏聽到外面動靜小了，也聽到了父親的聲音，心裏就不害怕了，她剛才在屋裏聽見林東和人打鬥的聲音，對方人多，也不知道林東傷著了沒有，於是就開門走了出來，見地上躺了十來個王姓族人。

王東來躺在地上痛苦的哀嚎，見柳枝兒出來了，「枝兒枝兒，你不能不管我呀，我是你男人啊……」

王國善在一旁冷笑，「柳大海，你不是說我兒媳婦生病不能下床了嘛，這是怎麼回事？」

柳大海掄起棍子，「你個老王八再唧唧歪歪的，小心老子封了你的嘴。」

王國善知道柳大海這個渾人說得出做得到，立馬閉了嘴。

柳枝兒走到林東身旁，見他衣服都破開了，再看林東的臉上和手上，有幾道血口子，拉住林東，說道：「東子哥，跟我進屋去，我幫你清洗清洗傷口，小心感染了。」

柳大海也道：「枝兒，帶你東子哥進去處理傷口吧。」

王東來見柳枝兒含情脈脈的看著林東，急火攻心，叫了幾聲「枝兒」就氣暈過去了，嚇得王國善半條命都沒了。

「兒啊、兒啊……」王國善搖了半天，才把王東來搖醒。

王東來睜開眼，目中憤怒之火熊熊燃燒，「賤婦……不要臉……」

王國善此時才明白柳大海為什麼會有那麼大的轉變，「柳大海啊柳大海，這世上再沒有人比你不要臉的了，你以前嫌棄人家窮，現在看人發財了，又想把女兒嫁給他，哈哈……這世上再沒有比你更不要臉的啦……」

「老匹夫，你胡說個啥！」柳大海被王國善道出了心裏的想法，遏制不住怒火，上前甩手又給了王國善兩個巴掌。

柳枝兒把林東領進屋裏，先用清水幫林東清洗了傷口，然後又倒了半碗白酒，浸濕了棉花球，為林東臉上和手上的傷口消了毒。

「東子哥，剛才他們那麼多人，你怎麼不跑啊？」柳枝兒看著林東身上的傷口，心疼得很。

林東笑道：「枝兒，我要是跑了，那夥人就進來把你抓走了，回去還不知道王家父子怎麼折磨你，我怎麼能丟下你不管。」

柳枝兒含淚笑了笑，默然不語。

林東掏出手機，給顧小雨打了個電話，把剛才發生的事情說了一下，顧小雨知道他和柳枝兒之間的事情，問林東需要她幫什麼忙。林東說鎮上派出所的所長是王國善的朋友，他們進去後可能會吃虧，讓顧小雨疏通一下關係。

顧小雨說大廟子鎮派出所的她不認識，但她認識縣公安局的，說讓林東放心，她這就給縣公安局的領導打電話，讓他安排一下。

掛了電話，林東就起身朝門外走去，柳枝兒要跟著出去，被他攔住了。

「枝兒，沒你的事情，你安心在家。」

大年三十，黃昏，柳林莊。

警車鳴笛的聲音在這個村子的村頭響起，嚇壞了滿村賭錢的人，都以為是抓賭來的，心裏那個恨啊，大過年的還不讓人玩玩

警車在村支書柳大海家的門口停了下來，很快柳大海家的門口就聚集了好多村民。

「誰報的警？」警車內下來三個員警，其中一個肥頭大耳的吼道。

柳大海舉起手，「報告政府，是我報的警。」

這個肥頭大耳的正是大廟子鎮派出所的所長劉三名，劉三名今天值班，正在所裏和幾個警員打牌，本以為可以安然無事的混到下班回家吃年夜飯，可偏偏事與願違。大年三十還有人報警，劉三名這心裏也很窩火。

劉三名瞧了一眼灰頭土臉的王家父子，朝柳大海道：「報警的，你叫啥名字？」

「柳大海。」柳大海大聲道。

劉三名皺了皺眉頭，心想柳大海不是王國善的親家嗎？怎麼這兩家人掐起來了。他不明白其中的原因，也不知道該怎麼辦，就把王國善拉到一邊，問道：「王鎮長，這是怎麼回事啊？兄弟我可看不明白了。」

王國善道：「劉老弟，你來了就好了，快把柳大海和他的人抓起來，我們被他

打了。」

劉三名低聲道：「王鎮長，這裏那麼多村民，這人不是咱說抓就能抓的，得有理由啊。你把事情跟我講講，我看看該怎麼辦。」

王國善把事情的發生經過跟劉三名說了。

劉三名沉吟了片刻，開口道：「王鎮長，這事你們不在理，不大好辦啊。」

王國善道：「在不在理還不都看你這張嘴怎麼說，劉老弟，你幫我把這事辦妥了，鎮南面的那個水塘來年我包給你。」

劉三名很想搞個魚塘，看上了大廟子鎮南面的一個水塘，但因為有人包了，為此還找過王國善。現在承包水塘的人是王國善家的親戚，因而王國善也沒出力替劉三名辦這事。現在王國善有求於劉三名，為了能讓劉三名出力，知道要先給點甜頭。

劉三名笑了笑，「王鎮長，那事你可給我惦記著點。」

「好說好說。」王國善也笑了。

劉三名走到柳大海和林東面前，板起臉，說道：「那個事情我大概問清楚了，你們打人在先，是不對的，都跟我去所裏走一趟。」

劉三名指了指王國善，說道：「叫你的人開著這個三輪車，把人全部給我拉所裏去。」

王國善吩咐了族裏的那個十七八歲的年輕小夥子，「開車，把他們拉所裏去。」

柳人海朝身後的幾個族裏的兄弟看了看，「有害怕的嗎？」這幾個姓柳的族人都和柳人海差不多，都是膽大的渾人，聽說要進局子，也沒一個害怕的，仍是笑嘻嘻的樣子。

「沒害怕的，那就走唄，回頭我請哥幾個吃飯。」柳大海說完，率先爬上了那農用的機動三輪車，林東和幾個柳姓的叔伯也都上了車。

三輪車開走之時，柳枝兒從屋裏跑了出來，看著遠去的車子，目光盯在林東的身上，目中滿是擔憂。

第三章 派出所的大年夜

王國善隱約感覺到他的兒媳婦不會再回來了，

他終於發現自己老了，鬥不過年輕人了，但是兒媳婦不能白白就沒了，

柳枝兒可是他當初給了一萬塊錢彩禮才給兒子娶回來的。

王國善心想，既然林東那麼有錢，那麼我就訛他一筆錢，連本帶利討回來。

三輪車一直開進了派出所的院子裏，兩幫人全部關進了一間房子裏。回來的時候，王國善和劉三名一起坐的警車，兩人已經商量好了如何懲罰柳大海這幫人，對此，王國善只有一個要求，就是要劉三名一定要給他和他的族人報仇。

劉三名是這樣想的，把王國善的人帶回來做個筆錄，走個形式就放了，然後把柳大海這幫人拘留個二十四小時，不給水喝不給飯吃，有敢不聽話的就拉出來揍一頓。

劉三名進了房間，先把兩撥人分開。

「那個……姓王的，都出去錄口供去。」

王東來一瘸一拐的出了房間，回頭惡狠狠的瞪了林東一眼，目光十分惡毒。

柳大海低聲對身旁的林東道：「東子，不對勁啊，看來劉三名要收拾咱們了。」

林東心裏也在嘀咕，他已經給顧小雨打過電話了，按理說劉三名不會是這個態度啊。

劉三名清了清嗓子，「你們幾個先動手打人，被你們打的人傷勢很嚴重。知道嗎，你們犯了大罪了，有可能要坐牢的。」劉三名先恐嚇一番，希望從柳大海幾人身上能榨點油水出來。

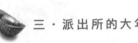

此時，一名警員推開了房間的門，道：「所長，上面來電話找你。」

劉三名本想繼續恐嚇一番的，但上面的電話不能不接，於是就出了門。

「誰吃飽了撐的，今天給我打電話？」劉三名問那小警員道。

小警員低聲道：「老大，是鄭局。」

劉三名本想罵兩句，但一聽是縣公安局的鄭凱，立馬沒了脾氣，到辦公桌旁拎起電話，「鄭局你好，請問有什麼指示？」

鄭凱接到顧小雨的電話，中午吃多了，在廁所裏蹲了一會兒，出來又喝了杯水，才想起電話還沒打，心想要是誤了顧小雨的事情，那可不得了。雖然顧小雨只是個秘書，但卻是嚴書記最親近的人，是萬萬不能得罪的。

「老劉，值班呢，辛苦了。」

劉三名道：「鄭局，為人民服務嘛，談不上辛苦，都是我們樂意做的。」

鄭凱笑道：「你們是不是從柳林莊抓了一批人回來？」

劉三名很納悶，鄭凱的消息夠靈通的啊，他怎麼知道他們去了柳林莊？

「是啊，鄭局，柳林莊有人打架鬧事，剛被抓回來，請指示。」劉三名畢恭畢敬的道。

鄭凱道：「老劉，情況我也大概瞭解了一下。你聽好了，你抓來的人當中有個姓林的，你把他以及和他一夥的人都放了，明白沒？」

劉三名腦門上出了細細密密的一層汗，幸好還沒動手揍人，否則就犯下大錯了，「鄭局，您的指示我一定照辦。」

「指示個屁啊，我告訴你，姓林的認識嚴書記，知道嗎？」鄭凱知道嚴書記一向有事都是由秘書出面，所以判斷林東和嚴書記有關係。

劉三名手一哆嗦，差點把電話給摔了，掛了電話，長長出了一口氣，對旁邊的警員道：「把在錄口供的那幫人給我關起來，把柳大海那幫人拉出來錄口供，錄完了開車把人給我送回去。不，還是我親自送回去。」

王家父子和族裏的後生正在錄口供，忽然進來一個警員，「不用錄了，都帶進審訊室。」

柳大海局促不安起來，「東子，我可聽說這公安局裏折磨人的法子挺多啊，我看咱們這次危險了，你有沒有認識的人，趕緊想點辦法啊！」

林東看劉三名出去接電話了，估計多半是顧小雨已經給劉三名的上頭打了電話，現在上頭把電話打到了這裏來，說道：「大海叔，你別擔心，我們不會有事的。」

「你肯定？」柳大海問道。

林東點點頭。

「你憑什麼肯定？」柳大海仍是不信。

林東沉默不語。

這時，王家父子連同那幫年輕的王姓族人又進來了，後面跟著一名警員，指了指柳大海這邊，「你們出來錄口供。」

柳大海帶著人出去了，到了另一間辦公室，劉三名笑呵呵的走了過來，給他們每人敬上了一支香煙，態度轉變之快，讓柳大海這群人感到相當的不適應。

「剛才不瞭解情況，得罪之處還請各位不要往心裏去。請各位配合一下，錄完口供，我親自開車送大夥回家。」劉三名道。

柳大海等人一頭霧水，也沒多問，錄口供的時候，還有人伺候他們茶水，感覺進了派出所比進茶館還舒服，抽煙喝茶還都不要錢。

王國善被關在審訊室裏，嚷嚷著要見劉三名，可始終見不到劉三名。劉三名是故意不想見他，免得為難，心想既然裏面這個姓林的認識嚴書記，那麼巴結他總是沒錯的，於是就想整整王國善這夥人，讓他們在派出所過年。

林東和柳大海這夥人都錄完了口供，劉三名已經準備好了兩輛車。打頭的那輛車由劉三名親自開，裏面坐著林東和柳大海，剩下的四個人坐在後面的那輛車，兩輛警車一直開到了柳大海家的門口。

下車之前，劉三名又是好話說盡，就是希望他們不要往心裏去，不要記仇。

等警車走後，柳大海明白了過來，看剛才劉三名對林東那個殷勤的勁兒，心知他們能有這待遇，全都是托了這小子的福。柳枝兒和孫桂芳從屋裏跑了出來，一看他們平安歸來，問個不停。

「大海，在裏面沒受苦吧？」孫桂芳問道。

柳大海拍拍胸脯，「受啥苦？王國善父子倆才受苦了，我在裏面好煙抽著，好茶喝著，有啥苦好受的。」

孫桂芳只當柳大海是在吹牛，但仔細看了看，柳大海身上的確沒有傷，也就放心了。

林父林母剛聽到林東被派出所抓去的消息，正往柳大海家趕來，想來問問情況，走到近前，發現林東和柳大海一夥人已經回來了。

「東子，到底怎麼回事啊，急死我和你爸了。」林母急問道。

林父和羅恒良也都一臉緊張的看著林東。

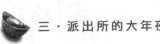

「你們都別緊張，沒事了，剛才還是派出所所長親自開車把我們送回來的。爸、媽、乾爹，天不早了，咱回家吃飯去吧。」林東笑道，父母見他平安無事回來，而且在柳大海家的門前也不好說什麼，就拉著他回家去了。

柳大海的幾個族裏的兄弟也散了，今天是大年三十，這年夜飯是一定要在家吃的。柳大海把一家人喊進了家，對老婆孫桂芳道：「孩子他娘，趕緊做飯吧，今天開心，我要好好喝一盅。」

孫桂芳冷著臉，「你還開心？都被抓進派出所了還開心？」

柳大海怒道：「他娘的，今天是啥日子，你能說點好話不？快點做飯。」

柳枝兒怕父母吵起來，趕緊拉著她媽去了廚房。柳根子拽了拽他爸的衣角，笑道：「爸，今天瘸子帶來的人有一個爬上了我家的牆頭，被我拿槍一槍給打下去了。」

柳大海摸摸兒子的頭，「好啊，俺根子厲害，神槍手，等長大了爹送你去當兵。」

柳根子跟在柳大海後面，「爸，該給壓歲錢了。」

柳大海朝兒子笑了笑，「你這小子，難怪一直跟著我，給。」從兜裏摸出來一張紅票子給了兒子。

林東跟著父母回到家，從父母的臉上看到了不悅。

「東子，我們家祖祖輩輩沒一個進過衙門的，今天你算是破了例了。」林父歎道。

林東道：「爸，當時的情況緊急，王家父子帶著一幫子人來搶人，我正好路過大海叔家門口，我想當時如果是你在場的話，你也會阻止他們的。」

羅恒良大概弄明白了事情的經過，從旁勸道：「老林哥，你別生氣，我覺得孩子做的對，見義勇為嘛。再說了，進警察局的又不一定都是壞人。」

林父覺得羅恒良說的有道理，揮揮手，「不提這事了，咱們吃飯吧。」

林母已經做好了飯菜，晚上這一頓和中午那頓一樣豐富。天黑之後，村裏就漸漸響起了鞭炮聲，過了一會兒，家家戶戶都放起了鞭炮，條件較好的人家還放起了煙花。

晚上，林父和羅恒良又喝了一斤酒。羅恒良連喝兩頓，吃完飯，已經有些醉意了。

「東子，你把你乾爹送回去，服侍他睡下再回來。」林父吩咐道。

林東把羅恒良弄進了車裏，開著車往鎮上去了。途中經過的每一個村子，都是爆竹齊鳴，煙火閃耀。過年了，再有幾個小時，就要進入了新的一年。鄉間的土路坑坑窪窪，十分顛簸，羅恒良在車裏睡著了，林東開的很慢。

到了羅恒良家門前，林東朝王東來家看了一眼，屋子裏是黑的，心裏估計王家父子倆還在派出所沒有回來。

「乾爹，到家了。」林東輕聲道。

羅恒良睜開眼，睡了一會兒，酒已醒了不少，推開車門下了車。

「東子，你趕緊回家吧。」羅恒良道。

林東笑道：「乾爹，我爸讓我服侍您睡下再回去呢。」

羅恒良甩甩手，「別聽你爸的，我又不是七老八十的人了，現在酒也醒的差不多了，你別擔心，趁早回家去吧。」

林東見他說話舌頭已經不打結了，估計羅恒良酒已醒得差不多了，說道：「乾爹，那我就回去了，你早點休息吧。」

羅恒良道：「好，早點回去吧，路上注意安全。」

林東上了車，往柳林莊開去。回去的時候，他加快了速度，不到二十分鐘就到了家。

「東子，咱家的鞭炮還沒放呢，你小時候最喜歡放鞭炮了，你爸說留著等你回來放。」林母走過來道。

林東笑道：「媽，不急，等到十二點的時候我再拿出去放。進屋去吧，咱一家一塊兒看春節聯歡晚會。」

屋裏，林父準備好了一個火盆，還有許多木炭。火盆裏火苗旺旺的，一屋子都暖暖的。林母準備了瓜子、花生和一些乾果蜜餞。春節晚會已經開始了，林東進屋的時候，正好放到他最喜歡看的小品。

在林東老家，大年初一早上要吃餃子，那一天的餃子不叫餃子，叫順子，寓意順順利利。林父已經剁好了肉餡，正在切大白菜，準備包白菜肉餡的餃子，這是林東最喜歡吃的一種餡兒。

林母揉好了麵糰，林東卷起了袖子，道：「爸媽，我也來包吧。」

林母道：「不用，你坐那看電視吧。」

林東笑道：「我可以一邊看電視一邊包餃子嘛，兩不耽誤。」

林父笑道：「就你那手藝，包的順子一下鍋都開嘴，你要是想幫忙，就桿麵皮吧。」

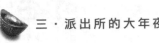

林東點點頭，「好啊，那我就負責桿麵皮，你們二老負責包。」

林東坐到桌子旁，林父問了問他羅恒良的情況，林東說他乾爹的酒已經醒得差不多了，讓林父不要操心。

「東子，雙妖河上造橋的事情，你想的怎麼樣了？」林父忽然問起。

林東道：「爸，我是這麼想的，既然要造，就要造一座結實的橋，多花點錢無所謂。可不能咱花了錢，到時候品質不行，橋又塌了，造成了死傷什麼的，那我就沒臉回咱村了。」

林父點點頭，「是啊，現在很多工程都是豆腐渣工程，錢沒少花，建造出來的東西卻不結實，你考慮的很周全。我提醒你一下，你大海叔畢竟是村支書，這個事情你不要繞過他，最好是去問問他的意見，否則你讓他臉上不好看，以後造橋的時候可就沒有那麼順利了。」

林東道：「這我還真是沒想到，幸虧你提醒我。在咱們村，誰要是不給大海叔面子，還真是得小心著點。我看這樣吧，趁著我在家，我找他把這事商量妥了，接下來就交給他一手操辦。」

林父笑道：「這樣最好，大海雖然有點渾，但是為村裏辦事，他可是從來不含糊的。當年修水電站的時候，如果沒有你大海叔不停的找鄉裏理論，咱們村可能就要和小劉莊公用一個水電站了。你也知道，如果那樣的話，咱們村的水田就算完蛋了。」

「爸，造橋得需要工人，這個事情你就幫我張羅張羅吧，到時候你給我做個監工，那樣我就不怕有人偷工減料了。」林東道。

林父點點頭，「這個忙我幫，不是幫你一人，是幫全村的人。工人的事情你也不用操心，我的那幫工友大多數都修過橋樑，他們修的橋樑可比咱們雙妖河上的要大多了，造這點小橋，一點問題都沒有。」

父子倆閒聊中就把捐款造橋的事情商量的七七八八了。

「老趙上場了，你們快別說話了。」林母道。

林家父子立馬閉了嘴，開始欣賞老趙的小品。這是他們全家最喜歡的一個演員，每年一家人在一起看春晚的時候，最期盼的就是老趙的出場，雖然近些年來，隨著老趙年歲的增長，身體越來越差，但哪天春晚真要是少了老趙，估計不僅他們一家三口，全國有許多觀眾也會感到非常遺憾的。

老趙的小品依舊能夠博得人眾的開懷一笑，林家三口在這時都停下了手裏的活，專心致志的欣賞老趙的小品。

老趙的小品結束過後不久，就快到十二點了，西元即將向前進一年。

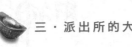

林母道：「東子，可以去放鞭炮了。」

林東笑道：「好，我現在就去放炮嘍。」

他把爆竹拿到了院子外面，放在地上放好，看著手機，等到新一年鐘聲敲響的時候再點火。這時，村裏許多戶人家都走出了家門，靜靜的等待那一刻。當手機上的時間跳到新一年的時候，林東打著了打火機，點燃了放在地上的爆竹。

砰、砰、砰……

這時，整個村莊除了爆竹爆炸的聲音之外，再也聽不到其他聲音。天空之中，燦爛的煙花一朵接一朵的綻放，雖只是那一剎的美麗，卻也是那麼的動人。林東站在門外欣賞了一下年三十夜晚的天空，直到整個村莊再次沉寂下來，他才回了屋。

到房間裏一看，父母已經把餃子包好了。

「東子，好了，趕緊回去睡覺吧，已經很晚了。」林母道。

林東道：「好，我睡覺去了，你們二老也早點睡吧。」

林東走到門口，就聽林母在身後叫他。

「東子，你別急著走。」

「媽，還有啥事嗎？」林東回頭問道。

林母從木箱子取出一件棉衣，「過年了，媽給你做了一件新衣裳，這衣服穿不出去，但很暖和，你在家穿穿就好了，試試合不合身。」

林東從母親手裏接過衣服，把身上的外套脫了下來，試了試母親新給他做的衣服。

林父道：「東子，你媽為了能讓你在新年穿上這件衣服，每天晚上你睡著了之後，都熬夜在縫衣服。」

林東眼睛濕潤了，慈母手中線，遊子身上衣啊，澀聲道：「媽，大小剛好，非常合身，穿著非常舒服。」

林母又拿了一盒年糕給他，「明天是大年初一，不能睡懶覺，早上一睜眼，就把裏面的糕給吃了。」

林東點點頭，這是母親每年的大年三十都會跟他講的話，「媽，我記得了。」

大年初一的一大早，林東就被此起彼伏的爆竹聲吵醒了。他記著母親的話，醒來的第一件事就是把放在床頭的糕吃了一塊。大年初一不能睡懶覺，否則就是個不好的兆頭，預兆著一年每天都會睡懶覺。

老倆口已經起來了，林東穿好衣服進了廚房，看到母親在灶台後面燒水，準備下餃子。父親拿著掃帚在清掃院子。門前不時有村裏的小孩嬉鬧著跑過。

「東子，起來啦，去放鞭炮吧。」林父道。

「好。」

林東進了堂屋，拿了一捆鞭炮出來，走到院子外面，點燃了，劈哩啪啦響了好一陣子。響聲剛一停，就有左鄰右裏的孩子跑過來撿沒炸的啞炮。林東從家裏拿了些從蘇城帶回來的糖果出來。

「快來啊，發糖嘍。」

孩子們一聽有糖吃，立馬扔了鞭炮，跑過來領糖果。林東將手裏的糖果分成均等，挨個發放了給面前的幾個孩子。

進了院子，林母在廚房叫道：「你們爺倆趕緊洗手吧，餃子煮好了。」

林東想到那肉餡的餃子就滿嘴生津，快速的洗了手。進了廚房，母親已經盛好了幾碗。

「東子，端一碗過去吃吧。」林母道。

林東笑道：「媽，那我就先吃啦。」端著碗站在廚房的門口，從東方升起的太陽正好照在他的臉上，身上穿著母親親手縫製的老棉襖，吃一口餃子，全身上下都是暖洋洋的。

林東吃了三碗餃子，肚子裏實在是塞不下了，這才丟下飯碗。

家裏剛剛吃完，鄰居們就過來串門了。這也是懷城縣的習俗，在大年初一這一天，不走親戚，就在村子裏相互串門。林母拿出了早已準備好的瓜子和花生，往每個來拜年的村民們衣兜裏都塞了一把。

來拜年的多半是女人和小孩，各家的男人們現在多半已經聚到一起賭錢去了。過不久，孫桂芳領著柳枝兒和柳根子來到了林東家裏。

「老嫂子，我來給你們拜年啦！」孫桂芳還沒進門，眾人就聽到了她爽朗的笑聲。村裏人都知道柳枝兒的事情了，所以也沒有人奇怪為什麼柳枝兒會在家裏。

「孩子們，趕快給你林大伯和林伯母拜年。」孫桂芳把兩個孩子拉到身前，笑道。

柳枝兒和柳根子一起朝林東的父母拱手拜年，「大伯大媽，新年好，祝你們在新年裏身體健康，萬事如意。」

「枝兒、根子，來來來，吃瓜子。」林母熱情的招呼了他們。

「謝謝大媽。」

柳根子和柳枝兒從林母手裏接過瓜子和花生，齊聲道謝。

孫桂芳道：「枝兒、根子，你們一邊玩去，我和你們大媽聊聊。」

柳根子拉著姐姐朝林東走來，笑道：「東子哥，你怎麼不去賭錢呢？」

林東笑問道：「根子，那你告訴我，我為什麼要去賭錢呢？」

柳根子想了一想，「是啊，你為什麼要去賭錢呢？但是他們大人都去賭錢啊，你看我爸，每年過年就整天不在家，一直都在外面賭錢。你也是大人嘛，所以也應該出去賭錢。」

林東朝柳枝兒看了一眼，「枝兒，你瞧你弟弟，還學會推理了。」

柳枝兒摸摸弟弟的頭，「東子哥，你不去賭錢，在家不無聊嗎？」

林東道：「我不喜歡賭錢，坐那半天，輸贏也就百十來塊，還凍的手腳冰冷。」

柳枝兒道：「東子哥，你跟我說說蘇城那邊吧，比如那邊賭錢都是多大的輸贏呢？」

林東想了想，笑道：「賭錢的事情我就不說了，跟你說說其他的吧。咱們山陰市的市區你也去過，如果你去了蘇城，隨便到下面的一個鎮，你都會發現，天吶，這裏跟我們的市區差不多。」

「天吶，我已經覺得我們山陰市的市區夠繁華氣派的了，原來只和蘇城的一個鎮差不多。」柳枝兒臉上浮現出十分憧憬的表情。

柳根子道：「姐，東子哥騙你呢，哪有那麼繁華的地方。」

林東笑道：「你們不信啊，我給你們看看。」

柳根子道：「在這怎麼看？」

林東笑道：「去我房間，我在電腦上找給你們看看。」柳枝兒姐弟倆跟著林東進了房間，林東在電腦上搜了一些蘇城市區的圖片給姐弟倆看了看。光看圖片，還不能讓他們感覺到蘇城的繁榮程度，但至少也可以讓柳枝兒姐弟倆相信了一些。

「東子哥，等我長大了，我也要去大城市工作。」柳根子在電腦上看過了蘇城的圖片，對大城市的生活十分的嚮往。

柳枝兒借機教導道：「根子，你如果想去大城市工作，那你就要好好學習，像你東子哥一樣，考上大學。如果考不上大學的話，你就去不了大城市了。」

柳根子直搖頭，「姐，你別騙我了，考不上大學也能去大城市。村頭二飛哥不就是沒考上大學嘛，他也在蘇城工作的。你看他今年回來多威風，家裏都買了機動三輪車了，據說還要買坦克呢。」

林東和柳枝兒捧腹大笑。

「根子，你聽誰說二飛子家要買坦克的？」林東笑問道。

柳根子道：「東子哥，你別不信，是我親耳聽到的。那天我在他家玩，二飛哥和他爹說的，他爹也不明白是啥玩意兒，二飛哥就說跟坦克差不多，有履帶，前面還有刀，能收麥子和稻子。」

林東笑道：「哦，我明白了，那是聯合收割機。我找給你看看。」林東在網上搜索出聯合收割機的圖片。

柳枝兒一看，「真別說，真的很像坦克。」

柳根子興奮的道：「好傢伙，我長大了一定也要弄一輛這玩意兒開開。」

柳枝兒道：「根子，你又要開這個，不去大城市了嗎？」

柳根子道：「姐，你怎麼死腦筋呢，在大城市賺了錢，回家再弄一這玩意兒，跟二飛哥一樣。」

柳枝兒歎道：「根子，你該學的人是你東子哥，不要樹立錯榜樣了，二飛子是怎麼在大城市立足的，你知道嗎？」

柳根子搖搖頭，「姐，我不知道。」

柳枝兒道：「你東子哥也在這，我說的你要是不相信，你立馬就可以找他問問。二飛子之所以能在大城市立足，都是靠了你這個考上大學的東子哥。」

柳根子一聽，心裏更加高興了，「這下好了，我也不要費腦子讀書考大學了，初中一畢業，我就找我東子哥去，讓他也拉我一把，就跟二飛哥一樣了。」

聽了這話，柳枝兒氣得鼻孔裏出氣。

「枝兒，根子這小子機靈著呢，你說不過他的。」林東笑道。

柳枝兒道：「東子哥，你幫我說說他，那麼小年紀，不想著好好讀書，整天想那些不著調的。」

林東道：「根子，你知道我為什麼會幫你二飛哥嗎？」

柳根子道：「因為你們是一個村的，而且都姓林，是一個老祖宗的後代。」

林東道：「根子，你只說對了一點。而你說的這一點，並不是我幫助他的最主要的原因。」

「那你說，你幫助二飛哥的主要原因是什麼？」柳根子急問道。

林東道：「因為你二飛哥有一技之長，關於電腦的問題他都懂。根子，如果你初中畢業之後就找我幫你，你有什麼一技之長嗎？」

柳根子沉默不語，漸漸的低下了頭。

「其實你二飛哥如果沒有我，他也能慢慢的做起來，因為他有一技在手，走遍天下都不必害怕沒飯吃。根子，你現在要做的就是好好念書，學習更多的知識，如果你考上了大學，你的眼界和學識都會有一個很大的變化，到時候你可能就不再想著開聯合收割機了。」林東道。

柳根子的眼神迷茫了一會兒，重新又恢復了明亮，「東子哥，我懂了，如果我考上了大學，我對聯合收割機就不感興趣了，到那時候，我可能想的就是開飛機了。」

林東笑道：「根子，你想的沒錯，我就是這個意思，所以啊，充實你的知識才是最重要的。」

柳根子鄭重的點點頭，「我一定好好學習，我也要像你一樣考上大學。」

柳枝兒感激的看了一眼林東，摸摸弟弟的頭，「根子，你那麼聰明，只要你用心去學，我想你一定會考上大學的。」

「是啊，你姐的話沒錯，你要多聽聽她的話，她最疼的人就是你了，她的話一定都是為你好的。」林東笑道。

柳根子抱住姐姐，仰起頭，「姐，給我一塊錢，我要去買鞭炮玩。」

柳枝兒生氣的看了弟弟一眼，「你就知道玩，剛才跟你說的都白說了。」

柳根子笑道：「姐，該玩的時候就要玩嘛，玩得好才能學得好，老師說這叫勞逸結合。」

柳枝兒從口袋裏摸出一個銅板，塞給弟弟，「拿去吧，玩好了記得做寒假作業。」

錢到了柳根子手裏，小猴頭什麼話也不說，裝起錢就跑走了。

「枝兒，你坐吧。」

柳根子走後，房間裏就只剩下林東跟柳枝兒兩個人，柳枝兒立刻顯得有些局促不安起來，不時的朝外面瞄幾眼，害怕被人看見似的。

「東子哥，你的傷怎麼樣了？」柳枝兒低聲問道。

林東笑道：「傷口就在臉上，你可以自己看看啊。」

柳枝兒抬起頭朝林東的臉望去，驚訝的發現，林東臉上的傷口已經不見了，再看看他手上的傷口，也已不見了。若不是她親手為林東清洗的傷口，她絕對不會相信林東在昨天受過傷。

「傷口怎麼都不見了？」柳枝兒一臉的難以置信，「東子哥，是不是你從大城市帶了什麼靈丹妙藥回來？」

林東不置可否，「傷口沒了不是更好。」

二人又隨意聊了一會兒。

柳枝兒忽然道：「東子哥，能讓我看看高倩的照片嗎？」

林東猶豫了一下，掏出手機，把手機裏高倩的照片翻給了柳枝兒看了一遍。

柳枝兒自慚形穢，「東子哥，你真有眼光，她真漂亮。」

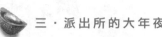

林東道：「枝兒，高倩的確很漂亮，不過在我心裏，你也不比她差。」

柳枝兒直搖頭，「你別盡說逗我開心的話，我自己長什麼模樣我自己清楚，我哪能跟高倩比。不過這樣也好，將來你娶了她，我也不會在心裏覺得委屈。」

林東的心感覺像是被揪了一下，說不出的難受，握住柳枝兒的手，輕聲道：「枝兒，你別這樣說，我……唉，如果有機會，我會向柳枝兒說說咱倆的事情，看看她能不能接受你。」

柳枝兒驚恐的看著林東，「你千萬不要跟她說，否則肯定會影響你們的感情，有哪個女人願意和別的女人分享男人呢？我能跟著你已經很滿足了，不敢奢求別的。」

林東摸摸柳枝兒的臉，柳枝兒的眼淚流了下來。

「枝兒，走啦，回家燒飯了。」孫桂芳在院子裏叫道。

柳枝兒擦了擦眼睛，「媽，我這就來。」說完，離開了林東的房間，和孫桂芳一起離開了林家。

孫桂芳走後，林母進了林東的房間，問道：「東子，你和枝兒在裏面聊什麼聊了那麼久？」

林東笑道：「媽，你怎麼什麼都打聽？我和枝兒聊聊天怎麼了？」

林母看了兒子一眼，「不怎麼，你要記住，她現在是別人的老婆，注意點影響。」

林東不耐煩的甩甩手，「媽，咱出去吧，我幫你燒火做飯。」

林母知道兒子不願聽，但仍是嘀咕了幾句。

大年初一的午飯比較簡單，就把昨天吃剩下的菜熱一熱就好了。

「東子，明天你幾個姑姑會到家裏來吃飯，你的不少表兄弟都有孩子了，該給的壓歲錢別忘了。」林母道。

林東答道：「知道啦媽，每人一百，夠不夠？」

林母道：「給那麼多幹嘛，每人二十塊就夠了。」

林東笑道：「給的不能少，否則我的三個姑姑又該說咱們家小氣了。」

林母道：「你別提，想起來我就生氣，想當初咱們家那麼困難，找你的三個姑姑借點錢都不借。現在你賺了錢，就你大姑一人今年就來問咱家借了三回錢。」

王東來父子在大年初一黃昏的時候回到了家裏，在派出所拘留的這二十四小時之內，他們滴水未進，粒米未吃。

劉三名在把林東等人送回家之後，就直接開車回家去了，接下來的幾天不是他值班的日子，正好可以躲開王國善，省得見了尷尬。

父子倆已經餓得不行了。王東來是徹底餓暈了，王國善為了兒子，只能苦苦支撐，燒水煮麵。

好不容易煮好了麵條，端到王東來面前，王東來見到了食物，也不知哪來的力氣，竟然奇蹟般的從床上坐了起來，連吃了三大碗麵條，丟下飯碗又繼續睡了過去。

王國善吃了飯，填飽肚子之後，坐在門口，一陣悲涼之感卷上了心頭。他萬萬沒想到劉三名會把他父子倆關一天，也沒想到會受到這樣非人的對待，唯一的解釋就是劉三名收受了林東的賄賂。

直至今天，他才真正體會到了有錢能使鬼推磨這句話的含義。

王國善隱約的感覺到他的兒媳婦不會再回來了，他終於發現自己老了，鬥不過年輕人了，但是兒媳婦不能白白就沒了，柳枝兒可是他當初給了一萬塊錢彩禮才給兒子娶回來的。

王國善心想，既然林東那麼有錢，那麼我就訛他一筆錢，連本帶利討回來

第四章

長生泉

剛進木門，就聞到淡淡的香氣，雖然微弱，卻有種極強的魔力，清新淡雅，沁人心脾，令人聞了再也忘不了這淡雅之香。

「大師，你這禪房裏放了什麼香料，這味道真好聞。」林東問道。

老和尚笑道：「這盆野冬菊是用長生泉的水澆灌的，所以香氣較之一般的野冬菊要清新持久許多。施主，寒舍簡陋，還望不要嫌棄，請坐吧。」

柳大海賭了一天的錢，天黑之後才騎著摩托車從小劉莊趕回來，一進家門，看到林東坐在他家屋裏。

「東子，你怎麼來了？」柳大海支好了車，走進了屋裏。

林東起身遞給他一支煙，「大海叔，我來找你有事商量哩。」

孫桂芳從廚房裏走過來，「大海，你可回來了，東子在這等你半天了。」

柳大海甩甩手，「你趕緊弄幾個菜，我和東子爺兒倆好好聊聊。」

孫桂芳走後，柳大海問道：「東子，你來找我有啥事呢？」

林東道：「大海叔，我來找你是為了雙妖河上造橋的事情來的。」

柳大海道：「哦，這個事啊，我都跟鎮裏反應不知道多少回了，鎮裏總是跟我哭窮，說撥不下款子來。這回咱把王國善給揍了，估計就更難要到錢了。那橋，還不知道猴年馬月才能造起來，民眾急，我這心裏也急啊。」

柳大海以為林東是來問責來的，劈哩啪啦說了一大通。

林東笑道：「大海叔，鎮上不給錢，咱就自己修唄。」

柳大海皺眉道：「東子，你是說集資造橋嗎？你對村裏各家各戶的情況不瞭解，想的太天真了。如果提議集資造橋，我半數人同意，還有半數人不同意。到時候出了錢的說橋造起來不讓那些沒出錢的走，村裏那還不得天天幹架。」

林東清了清嗓子，「大海叔，錢我一個人來出。」

柳大海以為自己聽錯了，支棱起耳朵，「啥，你再說一遍？」

「我說造橋的錢我來出。」林東重複了一遍。

柳大海聽到這話一點也高興不起來，他作為村支書，這問題本來是該由他來為村民們解決，但此時林東跳了出來，顯然造成他很大的心理壓力，心裏想著怎麼讓林東收回捐款造橋的想法。

「東子，你掙錢也不容易，捐款造橋不是小數目，我看還是等鎮裏解決吧。」柳大海道。

林東笑道：「大海叔，你別擔心，錢不是問題，我就是想為咱們村做點事情。老橋垮了，給咱村出行造成了很大不便，我這次回來時深有感受，所以才想到了要捐款造橋。」

柳大海沉吟了片刻，「我還是覺得不妥啊，這橋造起來是好事，但如果那天垮了，傷害到人畜，這責任是不是得由你來扛？」

林東笑道：「這就是我來找你的原因了。大海叔，我想請你做柳林莊造橋指揮部總指揮。」

柳大海一聽，樂了，這名頭聽起來不賴，但仔細一想，是不是林東怕擔責任而拉上他？

「哎呀，東子，你造橋是好事嘛，可我何德何能，這個總指揮我幹不了。」

林東道：「大海叔，除你之外，我想不出第二個人能擔此重任，你領導我們村那麼多年，大家心裏都敬重你，除你之外，換了其他人，村民們不服啊。你剛才說的出了事誰負責的問題，我已經想過了。橋造好之後，我們把負責這方面品質檢驗的部門請來，請他們為新橋驗收，只要驗收過關，以後出了事情也跟我無關。」

柳大海被林東吹捧了一番，心中十分的舒服。

「大海叔，我過完年在家也待不久，公司還有許多事情要我處理呢，所以打算把造橋的事情交給你全權負責，包括資金的調配，人手的安排。施工方面，我已經跟我爸商量好了，讓他找一批工人。其他方面，就都得依仗你了。」林東又道。

柳大海心裏已經不排斥林東造橋了，畢竟聽林東那麼說，他也算是造橋的第二大功臣，笑道：「東子，你剛才說的那叫啥總指揮來著？」

林東笑道：「柳林莊造橋指揮部總指揮。」

柳大海在嘴裏反覆念叨了好幾遍，心裏樂開了花，總指揮，這名頭聽起來就夠霸氣。

「行，叔我就勉為其難應了這差事，為了全村老百姓嘛，我也就豁出去了。到時候橋建好了，我要在橋旁邊樹一個石碑，把所有對造橋事業做出貢獻的人的名字全部刻上去，以供後世萬代人緬懷。」柳大海心想，到時候他的名字至少排第二位，那可是千古流芳的大好事。

林東起身，「大海叔，那就這樣吧，我儘快找專業人士問問這工程需要多少錢，等開春了咱就動工。我走了啊。」

柳大海挽留道：「東子，來都來了，走啥走，就在叔家吃點便飯。」

林東笑道：「不行不行，今天是大年初一，怎麼能在你家吃飯呢。大海叔，你的盛情我心領了，但是我真的不能在你家吃飯。」

柳大海道：「這樣啊，那就改天吧，改天我去請你。你為咱莊上做好事，你叔我作為村支書，代表全村人請你吃頓飯也是應該的嘛。」

林東抬腳往門外走去，柳大海送他出門。

「大海叔，留步吧，我走了。」

柳大海朝他揮揮手，「好孩子，慢走啊。」

林東在朝家裏走的這一路上，心裏想了很多，柳大海如今對他那麼熱情，無非是看到他有錢了，仔細想想，這也真令他心寒。如果他現在仍是一個什麼都沒有的窮光蛋，他在想柳大海對他的態度又會是怎樣的呢？

林東走在黑漆漆的路上，不知該責怪金錢的魔力太大，還是應該承認人心本就如此。

回到家裏，林父見兒子的情緒好像不怎麼高，上前問道：「怎麼，柳大海他不同意？」

林東搖搖頭，「沒有，大海叔他起初是有點抵觸，但是我把話都說到了，讓他做咱柳林莊造橋指揮部總指揮，他就樂意了，還說到時候橋造好了，要在橋頭樹碑刻字呢。」

林父冷哼一聲，「這傢伙，真是老狐狸啊，到時候那碑一樹，他的名字肯定就刻在你後頭，也夠他威風一陣子的了。」

林東也明白柳大海的心思，但是只要能把橋儘快造好，他也無所謂，「爸，咱的目的是把橋造好，其他的就別管了。大海叔不懂工程，到時候這方面的事情還得你多擔待著些。」

林父冷笑了兩聲，「恐怕到時候他什麼地方都要插一手，不然怎麼能顯示出他這個總指揮的能耐。」

林母走到廚房門口，「你爺兒倆說啥那麼起勁呢，飯做好了，快來吃飯吧。」

父子倆進了廚房，一家三口圍著飯桌坐了下來，邊吃邊聊。

林父道：「明天你三個姑姑到咱家吃飯，東子，她們知道你現在出息了，肯定會央求你帶著你的幾個表兄弟去蘇城，讓你安排工作，這事你打算怎麼辦？」

林東道：「爸，我的幾個表兄弟你又不是不清楚，完全沒有一技之長。如果姑姑們提起，我也只能拒絕了。」

林母歎道：「兒啊，你要是拒絕了，你的三個姑媽不定說出什麼難聽的話呢，說不定連午飯都不吃了，直接甩臉子走人了。」

林父點點頭，他的那三個姐姐的脾氣他是最清楚不過的了，每個脾氣都大得不得了。

林東心想也不能把親戚關係搞得太僵，畢竟是他的親姑媽，但他的那幾個表兄弟實在是不爭氣，一個個都結了婚還在家遊手好閒，就靠父母養活，半點手藝沒有，就算是帶到蘇城，也只能靠林東接濟。

「爸媽，要不這樣子，明天一早我就出門，她們來了你們就說我有事忙去了，見不到我，我自然也得罪不了他們。」

林父點點頭，「好，那你明兒就出去玩吧，有啥事我和你媽先應付著。」

親戚們都知道他發大財了，平時不怎麼聯繫的遠房親戚都主動上門，多半是希望能從他身上撈到一個發財的門路。

林東帶著心事吃了晚飯，如果把這幫親戚子弟安排進自己的公司，這與他用人唯才的管理理念相衝突，但如果都拒絕的話，恐怕要得罪不少親戚，他自己常年在外倒也沒什麼，可在老家的父母就難免被人說不近人情了。這真是個令人頭疼的問題。

吃完晚飯，林東站在院子外面，一邊欣賞美麗的月色，一邊想著心事。他在想能不能在大廟子鎮搞一個小產業，到時候可以把親戚們都安排進去，經營的好壞全憑天意，實在不行搞砸了關門了，那也只能說明那幫人不行。

他想到大廟子鎮現在許多名義上的超市其實也就是大一點的小賣部，賣些煙酒油煙啥的，商品種類非常少。林東心想要不就搞一個大型超市吧，大廟子鎮兩三萬人，逢集的時候，鎮上都是人山人海的，如果在鎮上搞一家大型的超市，不僅可以方便全鎮老百姓購物，同時也能解決一幫子親戚的工作問題。

林東心裏估摸了一下，在大廟子鎮搞一家大型超市首先需要買房，這裏的房子很便宜，如果買不到合適的，找政府批一塊地也不是什麼難事，最主要的花費應該是貨品的錢。如果能投入兩三百萬，這家超市搞好之後，說不定就是懷城縣最大最好的超市了。

有了想法就想做，林東就是這樣的人。他掏出手機，給邱維佳打了個電話，「喂，維佳，明天有事情嗎？」

邱維佳道：「明天我要去老丈人家拜年啊，你找我有啥事嗎？」

林東道：「那就算了，你去老丈人家要緊，事情我自己看看怎麼弄吧。」

邱維佳道：「好，我吃了午飯就回來，到家之後給你打電話。」

林東想起來還沒給顧小雨打電話致謝，於是就給顧小雨打了個電話。

「班長，新年好啊。」

顧小雨開玩笑道：「喲，放出來啦。」

林東笑道：「多虧了你啊班長，否則劉三名那傢伙真敢把我拘留二十四小時。」

顧小雨問道：「怎麼樣，他們沒打你吧？」

林東道：「幸虧電話來得及時，晚一步就說不準會不會挨打了。班長，我找你有個事情問問你。」

顧小雨道：「咱們是老同學，你別客氣，有啥事就直說吧。」

林東道：「咱們村有一座橋塌了，我想造一座橋，想找路橋公司設計一下，我在老家這邊不認識熟悉這一塊的，你能給介紹個嗎？」

顧小雨道：「你要捐款造橋？」

林東「嗯」了一聲。

顧小雨道：「好吧，我不妨礙你做好事了。路橋公司我有熟悉的人，待會我把手機號碼發送給你，你給他打電話的時候就提一下我的名字，價錢方面可能會優惠些。對了林東，關於建度假村的方案我已經草擬的差不多了，這兩天就能做好，到時候我發給你郵箱，你看了之後別忘了給我回覆。」

顧小雨這種工作精神讓林東很感動，過年了還一心撲在工作上，也難怪她才畢業兩年就當上了縣委書記的秘書。正如她所說，懷城縣的男人沒幾個她看得上眼的。這樣優秀出色的女人，埋沒在懷城這個小地方，實在是有些可惜了。

「班長，你辛苦了，方案我看完之後，約個時間我們見一面，面對面好好聊一聊。」林東笑道。

顧小雨道：「嗯，這樣最好。好了，那我就不跟你多講了，你早點休息吧。」

「好，拜拜。」

林東掛了電話，回到了自己的房間，洗漱之後就睡覺了。

第二天早上，他一覺睡到上午將近八點，直到刺眼的陽光照到他臉上，他才醒來。

「媽，你怎麼不叫我一聲。」林東聽到母親在外面的廚房裏忙活，邊穿衣服邊說道。

林母道：「又沒啥事，讓你好好睡一覺怎麼了。醒了就來吃飯吧，鍋裏給你留著呢。昨天吃剩下的餃子，我用油煎了一下，還有玉米麵子稀飯。」

林東進了廚房，揭開鍋蓋就看到了煎的油亮亮的餃子，聞起來就讓人流口水。他把煎餃全部吃完了，又喝了一碗玉米麵子稀飯，這才滿足的放下了飯碗。林母瞧兒子吃得那麼開心，在一旁心裏也是喜滋滋的。

「媽，我得趕緊走了，走晚了我姑姑他們該來了。」林東笑道。

林母道：「兒啊，現在大過年的，你中午飯怎麼解決？」

林東笑道：「媽，這個你就放心吧，你兒子那麼大的人，一頓飯還能找不著著落嘛。」

林東穿著母親縫製的棉襖，上了車，開著車出門去了。開到柳大海家門口的時候，柳大海正好端著飯碗在門口蹓躂，見了他的車，招招手示意讓林東停下來。

林東下了車，問道：「大海叔，怎麼啦？」

柳大海道：「東子，你這是上哪兒呢？」

林東道：「我去鎮上，怎麼啦？」

柳大海「哦」了一聲，「小心王國善父子倆，他倆可都不是啥正大光明的人吶。打你他們打不過，但在你車上劃兩刀，潑個糞啥的，這事他們絕對夠膽子做的出來。你可得防著點。」

林東遞了一根煙給柳大海，「大海叔，我知道了。那沒啥事我就走啦。」

柳大海揮揮手，「好，你去忙吧。」

看著林東遠去的大奔，柳大海心裏捉摸著，啥時候我也能坐上這車在村裏兜一圈啊，心想只要我女兒柳枝兒成了林東的媳婦，那林東就是我的女婿，女婿的就是我的，到時候問林東把車要過來開兩天耍耍，也就是張張嘴的事情。

林東開車到了鎮上，他心裏記著柳大海的叮囑，要小心王家父子使壞，心想把車停哪兒呢？本來邱維佳家是最好的選擇，但邱維佳一家人都去老丈人家裏去了。羅恒良家的門太窄，車子根本開不進去，如果停在他家門口，那就是在王家父子眼皮子底下了，難保羅恒良一不留神沒看住，給了王家父子可乘之機。

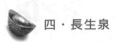

林東想了想，想到一個地方，大廟。

現在正是大廟最清靜的時候，這大過年的也沒人去上香，任王家父子想破腦筋，也不會想到林東會把車子停在那個地方。林東於是就開著車往大廟去了。到那兒才發現，大廟的大門太窄，車子根本開不進去，他只有把車子停在了門口。

停好車之後，林東下車在大廟前駐足了幾十秒，猶豫了一下，還是決定進去看看，找這裏的老和尚聊一聊。

進門之後，連一個人都看不到，只覺大廟裏更加陰冷。陽光雖然很好，但是卻穿不透這層層疊疊的枝葉，所以大廟與外面相較，雖然只有一牆之隔，但溫度卻要低好幾度。如果到了夏天，這裏絕對是避暑的好地方。

林東邁步往前走去，沿途沒有遇到一個香客。不知不覺來到了大殿前面，大殿門口的廣場上有個短髮花白的老和尚正在掃地。

「大師父，新年好啊。」

林東笑著上前打了聲招呼。

老和尚停下手裏的活，雙掌合十，朝林東拜了一拜，「施主，我佛慈悲，老衲祝你身體康泰，福壽無疆。」

林東道：「多謝多謝。」

老和尚問道：「施主，你今天是來上香的嗎？如果是這樣，那就請回吧。大殿今日不對外開放。前些日子前來上香的香客太多，廟裏需要休整休整，尤其是大殿，所以暫不對外開放，請施主過了初五再來吧。」

林東搖搖頭，「大師，你誤會了，我不是來上香的。我就是來隨便看看，想瞭解一下咱們大廟的歷史。」

老和尚笑顏逐開，「若不聽你口音，我還真不敢肯定你就是本地人。恕老衲多心，為什麼施主會對大廟感興趣呢？老衲在這裏做了幾十年的和尚了，向來只有來燒香拜佛的，但卻從無人問過這座廟的由來與歷史。我觀施主氣質相貌，皆與本地鄉民大大不同啊。」

林東笑道：「大師，是這樣的，我常年在外，前些年是在外求學，近兩年是在外工作，所以一年到頭在家的時間少的可憐，可能因此看上去有些不同，但我的的確確是本地人，家就在柳林莊。」

老和尚點點頭，「施主，我想起來了，臘月二十九那天你來過。」

林東笑道：「大師好記性，那天我的確來過。以前習以為常，所以沒覺得咱們大廟有啥好的，但那日進來之後，我才發現咱大廟的與眾不同來。瞧瞧廟裏這些個高大參天的古木，我看有的都有幾百年的樹齡了吧。」

老和尚道：「施主，這些樹之中，樹齡最小的是三百年，最大的已有一千二百多年。老衲年輕的時候，也曾在廟裏栽過幾棵樹，但是因為陽光水分都被這些古樹給霸佔了，所以沒有一棵樹苗存活下來。老衲那時太執妄，一波樹苗死了之後，又栽了另一波，呵呵，十年之中竟然沒有種活一棵樹。」

林東見老和尚雖然頭髮花白，但是皮膚卻看上去非常的光滑且有光澤，心中奇怪，打算向他討教一些養生之道，看到前面的古樹，心中忽地察覺到了異常，問道：

「大師，咱這廟裏的這些樹木都是比較常見的樹種，現在是冬天，外面的這些樹早已沒一片葉子了，為什麼這裏的樹卻依然枝繁葉茂？當真奇怪的很。」

老和尚被林東勾起了談性，笑道：

「這些年大家都習以為常了，倒是見怪不怪，你這個問題已經好些年沒有人問起過了。施主，如果你想知道原因，就跟在老衲後面吧。」

老和尚拖著掃帚往大殿後面走去，帶著林東朝一座破落的廟宇走去。隔著差不多近百米的距離，林東就看到了從前面那座破舊的廟宇之中飄出來的煙霧，心想今天不是不准人燒香嗎，哪來的煙霧呢？

正當林東納悶之時，老和尚已經帶著他來到了破舊廟宇的門前，推開門，進了去。

進去一看，這破舊的廟宇之中竟然有個水井，而方才所看到的煙霧其實是水汽，而水汽正是從眼前的這口井中冒出來的。除了這口會冒熱氣的水井之外，這座廟宇之中再也沒有什麼特別的地方了。

林東心中一驚大概斷定，玄機就在這口井之中。

老和尚指著水井道：「施主，看到了沒？」

林東更加疑惑不解，「大師，難不成咱人廟下面的地下水是天然溫泉？」

老和尚含笑點頭，「你說的沒錯。大廟下面的確有一個天然的溫泉，廟中的古樹至少都有三百年的樹齡，因而紮根紮的極深，所以能夠從地下溫泉汲取水分和熱量，我想這也正是廟中古木四季常青的原因。就連我們廟裏的和尚也沾了這口井的福光，你瞧瞧我這皮膚。」

老和尚拍拍臉，又把手伸了出來，

「我們常年用這口井中打上來的水洗臉洗手，所以手上和臉上的皮膚要比其他地方的皮膚看上去至少年輕有二十年左右。」

林東心中震撼無比，天吶，這古廟之中竟然藏了那麼個神奇無比的水井，不僅能使樹木長青，還能延緩衰老滋潤肌膚，這如果宣傳出去，他敢肯定，全國各地乃至海外都會有源源不斷的人前來大廟子鎮一探究竟。

老和尚道：「我們用井裏的水做飯吃，百病不侵。算起來我出家五十年，只有到這裏的頭一年生過一次感冒，這些年什麼病都沒有。」

林東道：「我媽經常跟我說大廟裏的大師都是老神仙，都能活百歲以上，看來必是常飲這井裏之水的原因。」

老和尚道：「施主說的沒錯。在外人眼中，這裏只是鄉下的一座不起眼的破廟，但若是他們知曉了大廟的歷史，呵呵，必當對大廟另眼相看。」

林東已起了探索古廟來歷的興趣，忙問道：「煩請大師講解。」

老和尚指著水井，「施主，你看看這井邊上刻著什麼字。」

林東在水井旁蹲下身來，仔細瞧了瞧水井邊上刻著的字。

這水井的井身是由一種他並不認識的石頭掏空而成的，出手一摸，溫潤光滑，手感要比懷城縣本地的青石要好很多。井邊上刻的字已經有些模糊不清了，林東伸手去摸了摸，上面刻的字的字體是隸書，與現在流行的簡體字相差甚遠，他一個也認不得。

林東凝望著眼前古井上的刻字，觸手之處，似乎可以感受得到這寥寥幾字的歷史的滄桑與年代的久遠。

「大師，這上面刻的是什麼字？」

老和尚笑道：「這是隸字，也怪不得你認不得，上面刻的是『長生泉』三字。」

林東微笑頷首，「長生泉，倒是個很貼切的名字。大師，這口井看上去有些年代了，不知造於何時呢？」

老和尚笑道：「施主，此事說來就話長了，若是有暇，可隨老衲到後面的禪院一敘。」

林東道：「大師，那我就叨擾了，請前面引路。」

老和尚微一頷首，邁步走出這間破舊的廟宇，引著林東往後面的禪院去了。

大廟雖大，卻只有三個僧人，因而也只有寥寥數間禪房。林東跟著老和尚到了西廂房，老和尚推開木門，請林東入內詳談。

剛進木門，就聞到了一陣陣淡淡的香氣，雖然微弱，卻似乎有種極強的魔力，清新淡雅，沁人心脾，令人聞一下便再也忘不了這淡雅之香。

「大師，你這禪房裏放了什麼香料，這味道真好聞。」林東忍不住問道。

老和尚指著窗臺上的一盆野冬菊，「施主，你聞到的香氣，就是這盆野菊花散發出來的。」

林東走走窗臺前面看了看，訝聲道：「大師，這不是咱們鄉下隨處可見的野冬菊嘛，這花怎麼會有如此好聞的香氣？」

老和尚笑道：「是啊，正常的野冬菊是沒有什麼香氣的，但我這盆野冬菊是用長生泉的水澆灌的，所以香氣較之一般的野冬菊要清新持久許多。施主，寒舍簡陋，還望不要嫌棄，請坐吧。」

林東在屋裏的木凳子上坐了下來，老和尚屋裏的火爐上正燒著一壺熱水，水汽自壺嘴裏噴出來，已經可以聽得到壺裏的水沸騰的聲音了。

「水開了，老衲給你倒杯水去。」老和尚拿了一個竹製的小杯，倒了一杯滾燙的熱水給林東。

「大師，請您給我講講咱們大廟的歷史吧。」林東笑道。

老和尚道：

「說起大廟，要追溯到一千兩百多年前了。唐朝有個王爺為了避難，逃離了京都，輾轉來到了這個地方，就在咱們山陰市這個地方出家為僧。當地官員知道他是皇室之後，不敢怠慢，允許他選擇一塊地建造佛院。那人走遍州府全境，後來選擇了這塊地方。當地州府長官給錢給人，為他建造了這座佛院。佛院建成之後，那名皇室宗親就在剛才我們去過的那座廟宇中開鑿了一口水井，從那口井中冒出來的水，一年四季都是熱的。那名皇室宗親在此間做了十來年和尚，得以保全性命，後來宗室內鬥，有權勢的宦官將他迎回了朝，擁立他當了皇帝。」

林東略一沉吟，「不會是唐宣宗吧？」

老和尚含笑點頭，「你說的沒錯，正是歷史上稱作小太宗的唐宣宗。」

林東心中還有謎團未解，問道：「既然是唐朝，為什麼古井上的刻字是用漢隸刻的呢？」

老和尚道：「我曾經在廟中的藏書中翻到過前人的札記，但未經考證，老衲也不敢妄下定論。」

林東道：「大師，你姑妄言之，我姑妄聽之，但說無妨。」

老和尚道：「前人札記中所說，那口井其實早已有之，只是被埋沒了，是唐宣宗到了這裏做和尚之後才發現的那口埋沒地底的古井，於是借開井之名，把那口古井發掘了出來，令其重見天日。」

林東歎道：「哎，玄宗必有一雙慧眼，否則如何能發現長生泉。」

老和尚指著林東面前的竹杯，「施主，嘗嘗我這茶如何。」

林東端起來品了一口，如泉水一般甘洌，帶著淡淡的清香，「大師，這是不是長生泉裏打上來的水？」

老和尚點點頭，「施主，你猜的沒錯。」

林東道：「大師，我已叨擾多時了，該告辭了。我有一個請求，還請大師批准。」

老和尚道：「遇見就是緣分，施主有何請求，但說無妨。」

林東道：「我想帶一小瓶子的長生泉裏的水回去，可以嗎？」

老和尚凝目看了林東一眼，笑道：「長生泉雖在大廟之中，卻不是僅僅屬於大廟的，施主若是有需要，可以自行去取。」

林東雙掌合十，鞠了一躬，「那就多謝大師了，小子告辭。」

老和尚做了一個請的手勢，「老衲不送了。」

林東出了禪房，快速朝長生泉所在的破舊廟宇走去，到了門口，心想自己急急忙忙過來，連裝水的器皿都沒有，正在猶豫著要不要回禪房向老和尚討個器皿之時，看到廟裏有破舊的瓦罐，心想就拿著這瓦罐裝水吧。

他先是從古井裏打了點水上來把瓦罐洗乾淨了，然後才倒了半罐子水進去，抱住瓦罐急急忙朝大廟門口走去。

到了門口，猛然瞧見王東來鬼鬼祟祟的站在他的車子旁邊。

「王東來，你幹什麼！」林東朝他吼了一聲。

早上林東停車之後，下車的時候被大年三十那天去柳林莊搶人的一夥姓王的人之中的一人看到了。那人急急忙跑去告訴了王家父子，他們吃了林東的虧，看林東落了單，打算糾集一幫人把林東揍一頓。

王國善堅決反對，他的理由很簡單，如果把林東打了，他們這群人是一個也跑不掉，如果再次進了派出所，劉三名還不知會用什麼更殘酷的方法去折磨他們。王國善說劉三名已經被林東的金錢收買了，現在就是一隻聽話的狗，因而千萬不能和林東產生正面衝突。

王東來知道父親說的有道理，但就是咽不下這口氣，於是就自己偷偷的從家裏出來，來大廟找林東的麻煩。到了近前，他見林東不在車裏，於是就想把大奔前面的標誌敲下來，剛去找了順手的傢伙，就被從廟裏出來的林東撞見了。

「姓林的，你還敢到鎮上來，不怕我找人揍你嗎？」

王東來是一個人來的，見了林東非常的害怕，他胸前被林東踹到的地方，至今仍然隱隱作痛。

林東快步走到車前，看到王東來手裏握著半塊磚頭，冷笑道：「癟子，你是打算拿著半塊磚頭砸我呢？還是砸我的車？」

王東來壯起膽子，「誰讓老子不高興，老子就砸誰！」

林東上前幾步，走到王東來跟前，冷笑道：「瘸子，老子就在你面前，你有種往我身上砸一下試試？」

王東來哆哆嗦嗦，心一橫，運力準備掄磚頭砸林東，但瞧見林東瞪眼，嚇得腿發軟，半塊板磚也握不住了，從手裏掉了下來，砸到了自己的腳，疼得他嗷嗷直叫。

林東把瓦罐放進後車箱，王東來瞧見了，「姓林的，你偷廟裏的東西，你就不怕菩薩弄死你嗎？」

林東道：「王東來，我不想收拾你，趕緊給我滾蛋，否則老子殺了你。」

王東來正想著溜走，但一想到柳枝兒，心中就怒火萬丈，「林東，我要和你談談。」

林東本已想上車了，聽到這話，回頭問道：「你和我有什麼好談的？」

「關於柳枝兒的，你想不想談？」王東來道。

林東道：「好，談談，你說。」

王東來沉聲道：「林東，我今年三十了，又是個瘸子，好不容易討到一個老婆，我求你放過俺家柳枝兒吧，讓她回來吧。我鬥不過你，我什麼都不如你，我認慫了不行嗎？你放我一馬吧！」

林東道：「王東來，如果柳枝兒願意跟你，我決不強求，如果她不願意跟你，你說什麼也沒用。」

王東來哭喪著個臉，「你沒回來之前，我們倆口子過得好好的，為什麼你一回來，她就不要我了？這都是你的錯。林東，你搶別人的老婆，你這樣做太不道德了！」

林東不想跟王東來胡攪蠻纏，「我還是那句老話，柳枝兒願意跟你，我絕不阻撓，柳枝兒不願意跟你，我一定幫她幫到底。我看你一條腿不好使，所以不想對你怎麼樣，否則就憑你剛才想砸我的車，我早就把你撂倒在地了。王東來，回家去吧，要談判也是你爹來談，你不冷靜。」

王東來看著林東的車遠去，撿起磚頭扔了過去，卻只扔了十來米遠。

第五章 訛詐

王東來雙手撐地爬了起來，一瘸一拐的往家裏走去。

王國善看著兒子的背影，心中一陣難過，

自從柳枝兒嫁到他家之後，王東來的確是發生了不少變化。

既然柳枝兒已經幾乎不可能回的來了，

那就不如徹底斷了讓柳枝兒回來的念頭，狠狠的訛詐林東一筆錢。

林東開車到鎮上繞了繞，鎮上有好幾個地方都非常適合開飯店，但最好的地段還要屬羅恒良家以前的那個地方。那個地方已經拆遷了，房子都已蓋好了一半。他停車看了一會兒，一排十幾間房子，都是三層高的小樓，也不知是誰蓋的。如果這房子的主人願意出手，林東願意全部買下來。

他心想羅恒良可能知道這事，於是就想著去羅恒良家打探打探這事情，正好混一頓午飯。上了車，開車往鎮東羅恒良的家裏去了。到了那兒，林東瞧見王國善正在外面曬太陽，幾日沒見，這老頭似乎更老了，佝僂著瘦弱的身軀，還不時的咳嗽。

「乾爹，在家嗎？」

林東走到門口，叫道。

屋裏傳出羅恒良咳嗽的聲音，「東子，你怎麼來了？」

林東笑道：「乾爹，我是沒地方吃午飯了，只能來找你了。」

羅恒良一愣，沒明白過來林東的意思，「什麼叫找不到吃飯的地方了？」

林東笑道：「有家不能回，這大過年的，鎮上的飯店又都還沒有開業，所以就找不到吃飯的地方了，只能到你這兒來了。」

羅恒良眉頭一皺，說道：「東子，你是不是跟你爸鬧彆扭了，他把你趕出來了？」

林東搖頭笑道：「乾爹，你就別瞎猜了，讓我進去喝口水先。」

羅恒良側身讓開，讓林東在屋裏坐下，倒了杯熱水給他，問道：「你倒是把事情的情況跟我說清楚啊。」

林東喝了口水，說道：「乾爹，是這樣的，今天中午我的三個姑姑到我家吃飯，到時候免不了要讓我把我的幾個表哥表弟帶到蘇城，而我的那幾個表兄弟又都是不學無術好吃懶做的主兒，像他們那樣的，我帶去蘇城只能靠我養活，所以為了避開他們，我一早就從家裏出來了。」

羅恒良點點頭，說道：「古人說用人唯賢，唯才是舉，你現在是經營公司的老闆，不是暴發戶，應該要學習怎樣去管理公司，其中最重要的就是用人，畢竟人才是組成一個公司最重要的部分。比如三國的劉備，論個人能力，他遠遠比不上能文能武的曹操，但是他善於用人，因而可以在三分天下中得其一。」

林東邊聽邊點頭，羅恒良說的道理他懂得，「乾爹，我來這裏除了蹭頓飯，還有個事情想向你打聽哩。」

羅恒良道：「啥事，你說。」

林東道：「你原來老宅那兒蓋了一排的三層小樓，蓋在那兒是幹嘛的？」

羅恒良不知林東為什麼會對那些沒蓋好的樓感興趣，說道：「東子，你怎麼突然問起了這個？」

林東笑道：「乾爹，你就先別問太多了，快告訴我吧。」

羅恒良道：「那些房子蓋好之後據說是打算蓋超市的，房子是鎮裏劉書記的小舅子，三黃村的黃白林蓋的。」

一聽這話，林東心裏涼了半截，竟然有人想到了他前面去，看來買下那排房子開超市的想法就要泡湯了。

「那房子已經停工快半年了，不然早蓋好了。」羅恒良隨口說了一句。

林東好似在黑暗中看到了一絲光亮，急問道：「乾爹，快告訴我為什麼停工？」

羅恒良道：「你這孩子，都那麼大了，還那麼毛躁！容我慢慢給你說嘛。」喝了口茶，羅恒良繼續說道：「劉書記也是剛調到咱們鎮一年多，黃白林就想趁他姐夫在位的時候發點財。他聽人說現在好些地方開超市穩賺不賠，於是就動起了開超市的想法，選來選去選中了我老宅的那片地方。你也知道，原來我老宅上的房子已經非常破舊了，黃白林讓我們那一片搬遷，給新房子給我們，我們當然樂意了。

「等我們搬到新屋之後，黃白林就把老房子拆了，開始打地基建新樓。樓建到一半，停工了。至於為什麼，五花八門的說法都有，但我覺得最可靠的應該是咱們村信用社的大領導換了人。

「原先咱們信用社的頭子是劉書記的朋友，所以有劉書記出面，黃白林很容易就從那兒貸到了錢。後來信用社原先的社長被調走了，新來的社長發現黃白林在別的地方有不良的信用記錄，欠了十幾萬還沒換上。這時，蓋樓的支出要遠遠超過黃白林原先的預算，黃白林這時又找到了新來的信用社社長，這次卻碰了一鼻子灰。

「黃白林心想估計是自己的面子不夠大，於是就讓他姐夫劉書記出馬，心想只要他姐夫一出馬，貸款的事情應該立馬就能批下來。劉書記去了之後也碰了一鼻子灰回來，新來的信用社社長死活不給他面子，非要黃白林把先前借的貸款還上，否則就拒絕給黃白林繼續貸款。黃白林哪有錢還貸款，因此工程就耽誤了下來，那排三層小樓成了半成品。」

聽完黃白林的講述，林東拍掌叫好：「好啊，停工了好啊，他沒錢，我有錢啊！」

羅恒良總算理出來了點頭緒，「東子，你不會是也想搞超市吧？」

林東點點頭，「乾爹，我正有此想法呢。」

羅恒良搖搖頭，「東子，要說別的方面我肯定不如你，但有一點你肯定不如我，那就是對咱們當地情況的瞭解。我們這裏窮鄉僻壤，老百姓的思想觀念不夠開放，習慣了在小店裏買東西。你要是弄了一大超市，恐怕老百姓不會買賬啊。」

林東點點頭，「乾爹，你說的有道理。但事情都是兩方面的，舉個例子，鞋廠派兩個人去拓展市場，兩個人都來到了一個小島上，發現這個小島的居民都不穿鞋子。這兩人見到這種情況的反應截然相反，其中一個很失望，向公司彙報說當地人沒有穿鞋子的習慣，鞋子在這裏根本不可能賣不出去。另一個則非常興奮的向公司彙報，說他發現了一個絕佳的市場，當地人不穿鞋子，所以在這個地方不存在競爭，只要向當地人宣傳穿鞋子的好處，那麼他們的鞋子將賣的非常火。」

羅恒良看著林東，「你小子吐沫星子亂噴說了一大通，這故事我記得是你上中學的時候我講給你聽的。」

林東笑道：「乾爹，你記性真好，當年你講的這個故事對我啟發很大。今天我想在咱們鎮上開超市的想法不正和故事裏說的情況很相似嘛，那你幹嘛認為在咱們鎮開超市開不起來呢？」

羅恒良說道：「具體問題要具體分析，賣鞋子的故事和你開超市完全是兩碼事。你想想，咱們鎮那麼些小賣部，老百姓常買的東西在小賣部裏都可以買得到，由於消費習慣的問題，大多數老百姓肯定還會去小賣部買東西，到時候你的大超市開起來之後門庭冷落，不得賠錢嘛？」

林東笑道：「乾爹，你完全不用擔心我的超市會倒閉，相反我覺得只要我的大超市開起來，需要擔心的不是我，而是咱們鎮上這許許多多的小賣部，那些小店將會面臨關門的危險。」

羅恒良直搖頭，「東子，你想的太天真了，他們存在了這麼久，根深蒂固，怎麼可能你開了一個大超市就能把他們擠垮？」

林東道：「乾爹，我並不是在這兒跟你信口雌黃，你先聽聽我的原因。」

羅恒良點點頭，「你有啥想法就直說，我聽著呢。」

林東沉聲道：「第一，由於我的超市大，進貨多，所以我可以以更低的價格進到同樣的貨，這是成本方面的優勢；第二，我的大超市會配有相應的現代化設備，保證貨物的新鮮與品質，讓老百姓買的放心。這一點我深有感觸，以前在小賣部裏買包速食麵，回去一看過期一年多了，裏面都生蟲了。第三，我的超市是一個大型綜合市場，老百姓日常需要的東西都可以在這裏找到，相比之下，小賣部的貨品就實在太匱乏了；第四，我在鎮上開了大型超市，在咱們鎮上是史無前例的，必將引領起一股潮流。消費者會跟隨潮流，會有越來越多的人進入我的超市採購，他們會發現在我的超市採購的樂趣，漸漸的，進超市採購將會形成他們的一種消費習慣。

再加上我逢年過節搞一些促銷活動，生意肯定紅火。」

羅恒良嘴裏叼著一根煙，煙霧在他面前漂浮，他的眼睛微微瞇著，沉默了許久。

「乾爹，我的原因說完了，該你發表發表看法了。」林東笑道。

羅恒良歎了口氣，「東子，你乾爹老了，思想跟不上了。唉……想我羅恒良一直自詡是大廟子鎮最有眼力的人之一，沒想到我的眼睛已經就快瞎了，只能看到面前幾寸遠的地方嘍。長江後浪推前浪，東子，世界是你們的，未來也是你們的了。」

羅恒良雖然沒有明說對林東開超市到底持有什麼樣的一種態度，但從他的話中，林東已經判斷出來他是支持的，羅恒良被他曾經的學生說服了。

林東笑道：「乾爹，你沒有老，你的知識被一屆一屆的學生繼承了下來。他們運用從你身上所學來的東西去探索世界，取得了更大的成就，這也是你的成就。我就是這樣的一個例子，你當初教授我的東西，夠我受用終身。」

羅恒良一拍大腿，笑道：「東子，你說的對，到我這個年齡了，應該服老了，應該要想開些。輸給我的學生，並且這個學生還是我的乾兒子，我哪裏需得著唉聲歎氣，應該感到高興才是。對，應該感到高興，今兒中午陪你乾爹好好喝幾杯。」

林東笑道：「好啊，咱爺兒倆好好喝幾杯。乾爹，我說咱也應該做飯了吧，這時間可不早了，我這肚子已經咕咕叫了。」

羅恒良笑道：「咱倆光顧著在這辯論了，這一停下來，才覺得真是有點餓了。好，你等著，我炒兩三個菜，很快就好。」

林東道：「乾爹，咱爺兒倆一起動手，這樣速度會比較快。」

羅恒良道：「我看還是分工合作吧，你先去把米淘了，我去洗菜，然後過來幫我燒火。」

林東點點頭，鑽進了廚房，從米缸裏挖了兩勺米，拿到院子裏的自來水下面淘乾淨，放進電飯煲裏，倒上水。

羅恒良湊過來看了一眼，點點頭，說道：「水加的正合適，你小子在外面看來也經常做飯。」

林東點點頭，「是啊，天天在外面吃難免會膩，所以偶爾就在家裏煮點東西換換胃口。」

羅恒良把青蒜和白菜洗好，然後又洗了半斤精肉，切成片便和白菜一塊兒燒。林東已經坐在了灶台後面，爐膛裏已經點燃了火，鍋已經燒得冒煙了。羅恒良挖了點豬油往鍋裏一放，冰凍的豬油立馬就化開了，散發出誘人的香氣。他先是打了四個雞蛋，做了一道雞蛋炒青蒜，然後又做了個大白菜燒肉。這兩道菜都是林東非常愛吃的菜。

中午十二點多，爺兒倆弄好了菜。羅恒良從櫃子裏拿了一瓶酒出來，正是林東從蘇城帶回來送給他的茅臺。

「東子，今兒中午咱爺倆就喝這國酒。」羅恒良笑道。

林東道：「乾爹，我看這瓶酒還是別喝了，留著給你自個兒慢慢品嘗，我隨便喝點什麼都行，哪怕是咱們當地最常見的懷城大麴。」

羅恒良已經擰開了蓋子，「怎麼那麼囉嗦，我說喝啥就喝啥，難得你在我這兒吃頓飯，當然要把最好的酒拿出來了。」

林東也就不再多說什麼了，爺兒倆圍在飯桌旁邊吃邊聊，一瓶酒很快就見了底。羅恒良還要去拿酒來喝，卻被林東擋住了。

「乾爹，酒這東西不能喝多，喝多了很傷身體的，而且你又經常咳嗽，煙酒最好都戒了。」

羅恒良搖搖頭，「這個不成，把煙酒都戒了，那我活著還有啥意思。」

林東道：「乾爹，我記得你以前說過特別想寫一本關於師生之間的小說，你可以把心思放在寫小說上面，分散點注意力，說不定煙酒就沾的少了。」

羅恒良直搖頭，「扯淡！哪個有成就的作家不是老煙鬼？寫作這東西非常費腦力，許多人就是一手煙一手筆在寫作。我要是真照你的話做了，原先抽一包，後來得抽三包。」

林東知道自己再勸下去也不會有什麼結果，索性就放棄了，問道：「對了乾爹，那個黃白林你瞭解嗎？我打算找他談談，商量買房子的事情。」

羅恒良道：「我跟黃白林打過幾次交道，是個個子矮矮的胖子。信用社天天盯著他要他還貸款，他現在正為這事犯愁呢，如果你去找他，那對他而言就是喜從天降了，他巴不得出手賣給你呢。」

林東想了想，笑道：「我不能去找他，要讓他主動來找我。」

羅恒良不解，問道：「為啥？誰找誰不都是一樣嗎？」

林東搖搖頭，「大不一樣，乾爹，如果我主動去找他，黃白林一定能看出我急著買他的房子，到時候他坐地要價，我就失去了主動權。到時候被他牽著鼻子走，要多出不少錢才能買到他的樓。」

羅恒良明白了過來，笑道：「嘿，你這小子，上學的時候看上去多老實的一個孩子，現在竟然那麼多彎彎腸子。哎呀，人真的是會變，老話說三歲看到老，這話看來在你身上沒得到體現啊。」

林東嘿嘿笑道：「哲學上說萬事萬物都是變化發展的，我當然也逃脫不了這條真理。」

羅恒良笑問道：「東子，你倒是說說怎麼讓黃白林主動去找你？我對這個挺感興趣的。」

林東道：「當然是通過他人之口，讓他知道有我這麼個人存在了。」

羅恒良笑道：「哈哈，好啊，我看三個黃白林也玩不過你一個人，遇上你，算他倒楣。」

這時，林東兜裏的手機響了，掏出來一看，是邱維佳打來的。

接通之後，就聽邱維佳道：「東子，找我啥事？」

林東問道：「你回來了？」

邱維佳笑道：「是啊，吃完飯我就回來了。你快說，到底找我有啥事。」

林東笑道：「電話裏一句兩句也說不清，這樣吧，我現在開車到你家門口，咱們見面再聊。」

邱維佳道：「這樣最好，你趕緊過來吧。」

掛了電話，林東就開車往邱維佳去了。到了邱維佳家門前，見邱維佳正坐在門口抽煙，見林東車到了，就走了過來。

「你怎麼幾分鐘就到了？」

林東笑道：「我在鎮東乾爹家吃的午飯，剛吃過你就打電話來了，我從他家過來就這點遠，走路也就幾分鐘多了。上車吧，我帶你去個地方。」

邱維佳扔了煙頭，就上了林東的車，也沒問去哪兒。幾分鐘後，林東把他帶到了黃白林建了一半的那排房子前，二人下了車。

邱維佳問道：「你帶我來看這幹啥？」

林東道：「我想把這一排的房子全部買下來。」

邱維佳笑道：「兄弟，你不會是發燒了吧？沒聽說過做房產投資到鄉下買房的啊？」

林東道：「我買房是為了搞大型超市的。」

邱維佳笑道：「巧了，這房子是劉書記小舅子黃白林建的，他也想在這兒搞超市呢。」

林東道：「找你來正是為了這事，這房子我得想法從黃白林手裏買下來，你得幫我一個忙。」

邱維佳道：「承蒙你看得起我，但我只是個給領導開車的，人家是領導的小舅子，估計不會鳥我。這個忙我還真是幫不上。」

林東笑道：「我本也沒打算靠你的面子把這房子買下來，你不是在咱鎮上人脈多嘛，替我放出話去，就說我正在咱們縣各個鄉鎮四處瞅呢，打算弄房子搞大超市。」

邱維佳道：「你知道黃白林要賣房子？」

林東點點頭，「我聽我乾爹說了，這房子為什麼建到一半停工了，還不就是因為缺錢嘛。」

邱維佳點點頭，「喲，敢情你什麼都打聽好了啊。」

林東笑道：「這是必須的啊，知己知彼方能百戰百勝。」

邱維佳心知林東心中已經有了萬全之策，笑問道：「別的不多說了，你就說說到底要我幹嘛吧。」

林東道：「你把消息放出去，讓消息傳到黃白林耳朵裏，然後讓他主動來找我，我來跟他談談價錢。」

邱維佳想了一想，道：「我明白了，放心吧，這事包在哥兒們身上了。我有一個鐵哥兒們經常和黃白林一起打麻將，我會儘早聯繫他，讓他找機會跟黃白林說。到時候我幫你添點油加點醋，就說你看了好多個地方，已經有幾個看上眼的地方了。」

林東點點頭，「是啊，就得給他點緊迫感。維佳，上車吧，我送你回去。」

二人一塊上了車。

到了邱維佳家的門口，林東就把他放下了車，然後開著車準備去羅恒良家坐一會兒。這會兒剛過兩點，時間尚早，那麼早回去的話，說不定他的三個姑姑還沒走。

到了羅恒良家門口，王家父子就朝他走來。林東看羅恒良家的家門緊閉著，估計是羅恒良喝多了正在床上睡覺。

「姓林的……」

王東來手裏提著木棍，一瘸一拐，怒氣洶洶的朝林東走來，而王國善卻是攔在兒子的面前，還不時低聲的喝斥，讓王東來回家去。

林東站在原地，等到王家父子走到他近前，笑問道：「二位有什麼事嗎？」

王東來掄起棍子要砸林東，但因為被王國善擋住，根本砸不到林東，急的哇哇直叫。

「爸，你幹嘛老攔著我？你讓開，讓我砸死這個王八蛋！」王東來吼道。

林東抱拳站在原地，微微冷笑，「王國善，你儘管放你兒子過來。」

王國善心知王東來萬萬不是林東的對手，就算再加上他這把老骨頭，父子倆也打不過林東，豈會讓王東來過去白白送給林東打。

「東來，回家去，我和林東談事情。」王國善再次喝斥。

王東來一條腿使不上力氣，移動又不方便，即便是王國善這樣瘦巴巴的小老頭擋住他，他也無法甩開，在被王國善一再喝斥之下，心裏更是憋了萬丈怒火，惡狠狠的盯著林東，嘴裏罵罵不絕。

「林東，咱們談談吧。」王國善道。

林東也有想法和王國善談一談，既然現在由王國善主動提出來要談談，那主動權就在他自己的手裏，所以林東是樂意和王國善好好談一談的，「好啊，那就談談。」

王國善轉身對王東來道：「東來，你讓我和他先談談，完了你想怎樣都隨你，你暫且先回去，等我消息。」

王東來只想把林東打倒在地，踩幾腳洩憤，聽說父親要跟林東談判，急了，說道：「爸，有什麼好談的？柳枝兒是我媳婦，這是誰也不能改變的，誰也不能把柳枝兒從我身邊搶走，誰來搶我就跟他玩命。爸，別跟他談，咱倆一起上，揍死這孫子。」

王國善搖搖頭，為兒子的愚蠢感到悲哀。如今打又打不過林東，比勢力也沒林東那麼強，王東來是壓根沒看見自己的這些弱勢，竟然還妄想著把林東打得怕了，讓林東不敢跟他搶柳枝兒。

「林東，你開車到鎮南的魚塘那兒等我，我一會兒就過去。」王國善道。

林東點點頭，上了車，往鎮南面的魚塘開去了。

王東來見林東的車漸漸開遠了，氣得恨不得把他父親王國善揍一頓，但王國善畢竟是他的親爹，他再混蛋，也不至於做出這麼忤逆的事情。

「爸，你幹嘛攔著我不讓我砸死那小子？他跑了！」王東來一把鼻涕一把淚，一氣之下把棍子扔得老遠，坐在地上大哭大鬧。

王東來看著這個不爭氣的兒子，也不知自己上輩子做了什麼孽，竟然生出這麼個孬種，「兒子，你清醒點吧，不是爸攔著你，而是我不想讓你吃虧，你想想，你打得過林東嗎？」

王東來怒吼道：「怎麼打不過了，那小子那麼瘦，我一個打他三個。」

王國善歎道：「你忘了在柳大海家門前，他一個人把我們一群人打得節節敗退的事情了嗎？兒啊，別說是你一個，就算搭上你老爹這把老骨頭，咱兩人也不是他的對手。爸攔著你，就是為了不想讓你吃虧啊！」

王東來無話反駁，坐在地上抹眼淚，「爸，無論怎麼說，你都得把柳枝兒給我弄回來，沒有她，我的日子就沒法過下去了。」

王國善心知柳枝兒多半是不可能回來的了，歎道：

「兒啊，你爹也希望柳枝兒能回來，我盡力爭取吧。好了，你回家去吧，我去鎮南面水塘邊會會姓林的。」

王東來雙手撐地爬了起來，一瘸一拐的往家裏走去。王國善看著兒子的背影，心中一陣難過，自從柳枝兒嫁到他家之後，王東來的確是發生了不少變化，如果能把柳枝兒弄回來，王國善寧願把所有積蓄都拿給林東，但他也知道，就他那一點養老都不夠的錢，林東是萬萬看不上眼的。既然柳枝兒已經幾乎不可能回得來了，那就不如徹底斷了讓柳枝兒回來的念頭，狠狠的訛詐林東一筆錢。

王國善已經想好了，如果林東不肯給錢，他就動用法律武器，畢竟柳枝兒仍是王東來合法的妻子，他就不相信法院會站在林東那一邊。

他一路想著到底問林東要多少錢合適，不知不覺中已經到了鎮南面的池塘邊。

林東正站在水塘邊上抽煙，見王國善走了過來，遞了根香煙給他。

「王鎮長，你來啦。」

王國善點燃了林東遞給他的香煙，「林東，客套話咱也都別說了，說點實在的吧。」

「行啊，我想聽的就是實實在在的話。王鎮長，你先說吧。」林東道。

王國善沉聲道：「柳枝兒是我們王家明媒正娶過來的，是我兒子王東來的合法夫妻，你和柳大海這麼扣著她，不讓她回家，這似乎很不符合情理吧。」王國善沒有一上來就開口問林東要錢，他的想法是儘量不提錢的事情，讓林東主動提出來，那樣到時候他就掌握了主動權，就可以坐地起價了。

「糾正一下。」林東笑道：「不是我和大海叔扣著她，而是柳枝兒願意留在娘家。王東來是她的丈夫不假，但是他盡到一個做丈夫的責任了嗎？他對柳枝兒只有打罵，這是我親眼見到的，你別說你沒看見過。這樣的男人配做一個丈夫嗎？你跟我提情理，我就跟你論論這『情理』二字。你兒子這樣對她，到底是柳枝兒不講情理，還是王東來不講情理，王鎮長，請你說說。」

王國善沒有想到林東那麼具有攻擊性，不僅沒中他的圈套，反而抓到了一點破綻就盯住不放。在林東的追問之下，才一個回合，王國善就感到了極大的壓力，可他畢竟老謀深算，不會那麼輕易就被林東問倒的。

王國善說道：「林東，你知道我兒子東來為什麼會打罵柳枝兒嗎？那是因為結婚之後，柳枝兒依然對你這個舊情郎念念不忘，經常在睡夢中還喊著你的名字，對我兒子則是敷衍了事，十分淡漠。我兒了東來因為小時候從牆頭上摔下來摔斷了腿，所以性格有些偏激，當然受不了自己的老婆心裏有了別的男人，忍不住脾氣就打罵了她幾回。我想在這世界上沒有哪個男人可以容忍得了自己的老婆心裏藏著別的男人吧？況且，在農村老爺們打打老婆這種事情實屬稀疏平常，沒有什麼大不了的。」

王國善輕而易舉的把責任推到了柳枝兒身上，他的意思就是王東來之所以會對柳枝兒動用家庭暴力，完全是因為柳枝兒對丈夫不忠貞。

林東冷笑，說道：「王鎮長，你倒是會信口雌黃。柳枝兒哪一點對不起你兒子了？自從她結婚之後，我和她從未見過一面，也沒有任何聯繫。我與柳枝兒青梅竹馬，從小一起長大，她的為人品行我是最清楚不過的了。既然她嫁給了王東來，肯定就會一心一意的對待王東來，根本不可能有一絲一毫對不起王東來的地方。是你的兒子王東來心裏有鬼，總是認為柳枝兒心裏還藏著別的男人，疑心生暗鬼啊，這個道理你不可能不知道吧！柳枝兒才是最可憐的，她無緣無故成年累日的遭受王東來的家庭暴力，你仔細想想，柳枝兒嫁到你們王家一年，她的額頭上多了多少皺紋，為什麼會這樣？」

王國善一時語塞，甩甩手，「你那都是自己的主觀猜想，算不得數。我兒子心裏到底有沒有暗鬼，我比你清楚。」

「呵呵，你是比我清楚。王鎮長，上次你進派出所的事情一定會給你的檔案留下非常不光彩的一筆吧？你可是堂堂一鎮之長啊，恐怕會對你的仕途有些不好的影響吧？」林東開始採取主動進攻的方式了。

王國善眉頭緊皺，膽怯了，「姓林的，你啥意思？我還有兩年都退休了，我都這年紀了，還怕啥影響仕途。」

林東笑道：「我聽說嚴書記特別重視官員的清白，你身上的這個汙點，恐怕不能容於嚴書記的法眼。」

王國善越來越心驚，他早已知道嚴書記對他不滿，林東此時把他最怕的人提了出來，這到底是想要怎樣？難不成是要到嚴書記那裏告他一狀？

「姓林的，你別拿嚴書記出來嚇唬我，我比你瞭解嚴書記的多。」

林東笑道：「好啊，現在既然嚇不到王鎮長，那就讓我同學跟嚴書記彙報彙報。」

王國善急問道：「你……同學是誰？」

「我同學姓顧。」林東冷冷道。

王國善心底一寒，林東說的姓顧的同學，肯定就是嚴書記的隨身秘書顧小雨無疑，若是顧小雨添油加醋的在嚴書記面前說一通，正好嚴書記早就有拿下他的想法，如此一來，正好給了嚴書記一個藉口。

王國善覺得頭頂涼颼颼的，只覺這事要是被嚴書記知道，他頭上的烏紗帽可能就不保了。

「我反正還有兩年就退休了，大不了把我拿下，還落得個輕鬆。」

林東道：「王鎮長，你要是被開除了，到時候養老金可就沒了，你養活自己都困難，還怎麼養活你那個寄生蟲一樣的兒子？」

林東的話一下子擊中了王國善的軟肋，王國善心想：我可以不在乎自己，但是卻不能不考慮王東來的死活。如果真的沒了退休金，他爺兒倆就真的要喝西北風了。

「你到底想怎樣？」王國善已無力和林東周旋，準備和林東攤牌。

林東沉聲道：「我不想怎麼樣，只要王東來和柳枝兒離婚，我和你們父子從此井水不犯河水，各走各的路。」

王國善直搖頭，「不可能，東來是絕對不可能同意和柳枝兒離婚的。」

林東冷冷道：「那行，既然王東來不同意，那咱們就法庭上見。我有的是錢請最好的律師，而且真的是打起了官司，恐怕抖出來某些事情，恐怕你兒子以後活的就不光彩了。」

「姓林的，你到底知道些什麼？」王國善驚問道。

林東笑道：「哈哈，這得問問你兒子了。想當初他爬牆頭偷看女人洗澡，卻不小心摔了下來，因果循環，報應不爽，這一摔就讓他這輩子都不知道女人的滋味，唉……」

王國善面色鐵青，已站立不穩，險些站不住了。他也是懂點法律的，只要醫生判定王東來沒有那方面的能力，按照法律，這官司他們肯定是輸定的，到時候法院介入，強行判他們離婚，那就人財兩空了。

「林東，你認為上了法院，柳枝兒的臉上就有光嗎？」

林東道：「我當然希望最好不上法院，咱們私底下協商解決。」

王國善道：「我也是這個想法，但就讓我那麼沒了兒媳婦，讓我兒子那麼沒了老婆，我和東來的心裏都會很不舒服的。而且我兒子東來他思想偏激，做出什麼事情來我可說不準，到時候你們一輩子都難得心安。」

林東望著王國善，「王鎮長，你說那麼多無非就是想要錢。你開個價碼吧。」

王國善沒想到林東在佔據絕對上風的時候，竟然主動提出讓他開價，不免心中一陣狂喜，這正是他想要看到的局面，心想千萬不能要少了，於是就伸出了三根手指。

林東皺眉問道：「三根手指？這是什麼意思？」他心想王老頭不會是要三百萬吧？那他也真敢想

「三十萬，一分也不能少。」王國善板著臉道。

林東一聽王國善只要三十萬，與他心裏的價位很接近，也沒想著跟他討價還價，畢竟這點錢對王家父子來說是天文數字，但對他來說只是毛毛雨。

「好，三十萬就三十萬，你回去做通王東來的思想工作，等春節假期過後民政局一上班，讓王東來和柳枝兒去辦離婚手續，手續一辦好，三十萬立馬給你們父子。」

王國善壓根就沒想到林東會答應的那麼爽快，心裏本想著林東能給二十萬就不錯的了，畢竟只要有了二十萬，再加上他每個月的養老金，他們父子倆就能在這個小鎮活的相當滋潤。他開始深深的懊悔起來，懊悔剛才為什麼沒有把數字說的再大些。

「好了，咱今天就談到這兒，我回去會好好做我兒子的思想工作的，你把錢準備好。初六他們就上班了，到時候就讓他們去把手續辦了。」

林東遞了一根煙給王國善，「王鎮長，希望你能順利說服了你兒子，我先走一步，再見。」

林東上了車，猛踩油門疾馳而去，他要儘快趕回柳林莊，把這個好消息告訴柳枝兒。

王國善站在水塘邊上，吸了一根又一根煙，直到吸完了身上所有的煙，這才朝家走去，留下了一地的煙頭。

他一路上邊走邊想回家怎麼跟王東來開口，其實他也想寧願不要林東一分錢，只要讓柳枝兒回來，但是現在看來已經完全不可能了。與其與林東撕破臉鬥到底，到最後什麼都得不到，人財兩空，倒不如抓住可以得到的錢財，至少可以讓王東來下半生衣食無憂。

快走到家門口，看到王東來正坐在門口，看到他回家了，立馬站了起來。

「爸，快說說，你和林東談的怎麼樣了？他有沒有同意不跟我搶柳枝兒了？」王東來滿含期待的問道。

王國善本來已在回來的路上想好了說辭，但是一看到兒子那麼期待柳枝兒能回來，滿肚子的話都憋了回去，於心不忍。

「兒啊，外面冷，回家吧，我餓了，咱先做飯吃吧。」

王東來跟在王國善身後，「爸，你倒是說啊，又不耽誤你做飯了嘍。」

王國善一狠道：「不是，是我太餓了，想不起談了什麼了，你讓我吃飽了，我肯定就想起來了。」

王東來一聽這話，鑽進了廚房，坐到了灶台後面，「爸，我來燒火，吃完飯你趕緊想起來，然後告訴我。」

第六章

強者崇拜

林東終於想通了今天顧小雨為什麼不理他了。

這個女人喜歡上他了。

不可否認顧小雨的條件都很優秀，

而這些只能讓林東欣賞她，卻不能令他對其產生情愫。

他很瞭解顧小雨，這個女人只崇拜強者，

她喜歡的或許並非林東這個人，而是他所取得的成就。

王家父子做好了晚飯，王國善舀了瓶酒出來。

王東來知道父親一般是心情不錯的時候才會喝酒，心想多半是在和林東的談判中佔據了上風，說不定他的柳枝兒很快就能回到他的身邊了。

「爸，給我也倒點，我也喝點。」王東來興奮的說道。

王國善給他也倒了一杯，端起酒杯，一聲不響的悶了一杯，那一杯足足有二兩，一旁的王東來都傻眼了。他爸的酒量王東來很清楚，最多也就能喝半斤，而且喝不了急酒。

果然，這一杯酒下肚之後，王國善的臉就紅的跟被火烤了似的，咳了幾下，那臉色就更紅了，血管裏的血液像是要滲出來似的。

王東來覺得有些不對勁了，他爸平時心情不錯弄點酒喝的時候都是一小口一小口的慢慢酌，從沒有過像今天這樣一口悶的。正當他在想王國善到底怎麼了的時候，王國善已經又給自己倒了一杯，同樣是一口乾了！

「爸，你慢點喝不行啊！」王東來勸道。

王國善四兩酒下肚之後，頭腦發熱，經不住酒力，已經開始醉意上湧，「兒啊，爸跟你說個事。」

王東來點點頭，「啥事，你說。」

王國善又給自己倒了一杯，放到嘴邊，仰脖子一口乾了。他實在是沒有勇氣把和林東談判的結果告訴兒子，酒壯慫人膽，他希望自己能喝醉。然後借著酒力跟王東來把事情坦白說了。

「爸。你今天到底是怎麼啦？」王東來急問道，王國善的表現太反常了，這令他隱隱不安起來。

一杯二兩，三杯六兩，王國善今天已經喝得超過自己的量了，現在只感覺頭暈乎乎的，隨時可能倒下去睡著。

「兒啊，林東答應給你三十萬，唯一的條件就是你跟柳枝兒離婚。」王國善說完這話，手一抖。酒杯掉在了地上，人也往後一倒，睡死過去。

王東來撲了上去，「爸，你醒醒，快起來把事情說清楚啊，什麼三十萬？我不要三十萬，我只要我老婆！」

任他怎麼搖晃，王國善就是醒不來，王東來急的甩了幾個巴掌，但除了王國善的鼾聲，他得不到其他任何的回應。

王東來頹然的坐在一邊，眼神空洞的看著房樑，感覺這屋子就快塌了。他將要被永遠埋葬在磚瓦房樑之下。也不知過了多久，外面已經完全黑透了，就連兩旁鄰居家的土狗也得累得不吠了。

王東來起身，費力的拖著王國善往房裏去了，好在王國善瘦得只剩皮包骨頭，就算他一條腿使不上勁也還能拖得動。好不容易把王國善弄上床，王東來走到外面吃飯的那間房，拎起桌上的酒瓶，咕嘟咕嘟把剩下的酒全灌了下去。

灌完之後，剛走到床邊，就一頭栽在了地上，睡著了。王國善的酒量不行，但比起王東來來，確實要好很多。

林東是四點多回到村裏，他沒有直接回家，而是在柳大海家門口停下了車。柳大海倆口子都賭錢去了，家裏只剩下柳枝兒姐弟倆。柳根子見林東的車停在了他家門口，就朝屋裏大聲叫道：「姐，東子哥來了。」

柳枝兒趕緊從房裏走出來，見到了林東，問道：「東子哥，你怎麼來了？」

林東笑道：「枝兒，好消息！王國善同意回去勸說王東來離婚啦！」

柳枝兒先是大喜，繼而神色又黯淡下來，「東子哥，你莫不是尋我開心吧？王國善是什麼人我再清楚不過了，他怎麼會那麼好心！」

林東道：「他當然不會那麼好心，不過他已經到了窮途末路，除了配合我，再沒有別的法子了。」

「你是不是答應他什麼條件了？」敏感的柳枝兒隨即問道。

林東點點頭，「是啊，給他點錢，不然鬧上了法庭，打贏官司倒是不難，但對你而言卻不是件光彩的事情。」

柳枝兒小聲的問道：「東子哥，你答應給他多少錢？」

林東笑道：「這個你就別問了，錢的事情不用你操心。」

柳枝兒很緊張的說道：「不行，我必須知道，不管多少錢，我總有一天要還給你的。」

林東的笑容僵在了臉上，不明白為什麼柳枝兒會跟他那麼見外，「枝兒，你這是怎麼了？我為你花錢是我自己樂意做的，不需要你還。」

柳枝兒低頭道：「我不想欠你太多。」

林東歎了口氣，轉身就往門外走去。柳枝兒看著他遠去的背影，心中也是一陣陣的痛，這個男人註定不屬於她，她又能以何種理由花他的錢呢？

林東開車到了家裏，一下車就看到了他的三個姑姑和幾個表兄弟，這都快五點鐘了，他們還沒回去，此舉看來是專程「恭候」他回家的了。

「東子回來了！」

三個姑姑見林東進了院子，爭先恐後的圍了上來，那場面就像是粉絲看到了自己心愛的明星似的。林東看看母親，林母的臉上是一臉的無奈，他們賴在這裏不走，畢竟是親戚一場，總不能拿著掃帚趕人走吧。

「大姑媽、二姑媽、小姑媽，你們都來了啊。」林東強顏歡笑，與長輩們打過招呼。

大姑媽拉著林東的左手，小姑媽拉著林東的右手，二姑媽則是端了張凳子給他。

「那個東子啊，明天有空嗎，去大姑媽家吃頓飯。」大姑媽笑道。

林東還沒來得及答話，二姑媽又道：「東子，你好幾年沒去二姑媽家了，明天去我家吃，我給你燒你最愛吃的老鵝肉。」

這時，小姑媽也不甘落於人後，笑道：「東子，鵝肉有啥好吃的，聽小姑媽的，明天中午去小姑媽家吃狗肉，可香了！你小的時候小姑媽最疼你了，你不記得你小時候還不會走路，那會兒小姑媽整天抱著你滿村走，一停下來你就哭。」

林東想起小時候的事情，他的三個姑媽對他也算是不錯的了，尤其是小姑媽，他出生的時候小姑媽還沒有出嫁，小姑媽喜歡他喜歡的不得了。母親在地裏幹活，他基本上是由小姑媽帶到了四五歲。後來三個姑姑都有了家庭，有了孩子，況且他們各家也都不是什麼富裕家庭，情況比他們家以前好不了多少，當初她們不借錢給他家也是情有可原的。

「三位姑姑，你們就都別搶了，我又不能分成三分，去你們哪家都不好，我看你們今晚都在我家吃了飯再走吧。」林東笑道。

他的三個姑姑則是大眼瞪小眼的看著對方，幸好是誰也沒得到好處，否則幾人非打起來不可。

林東小姑姑的兒子趙慶從林東的房裏鑽了出來，「哥，你回來啦，快幫我看看這電腦，怎麼當機了呢？」

林東趕緊進房間看了看，也不知趙慶對他的電腦做了什麼，任他怎麼折騰，電腦仍是一點反應都沒有，只能強行關機。

「哥，到底怎麼了？」趙慶玩的正興奮，沒想到電腦卻突然當機了，真是大大的掃興。

林東瞪了他一眼，「你小子用我電腦幹什麼了？我看多半是中毒了。」

趙慶摸摸頭，面皮微熱，「哥，我沒做什麼啊。」

林東也不想多問，進廚房對林母道：「媽，姑姑們今晚在家裏吃飯，我看是時間弄飯了。」

林母道：「你過來，我跟你說句話。」

林東走到母親面前。

林母低聲說道：「你三個姑姑今天中午吃飯的時候跟你爸爸提了，說你出息了，不能眼睜睜看著你的兄弟們喝西北風，讓你把你這幾個表兄弟都帶去蘇城，給他們找一份正經的工作。東子，你可得想好怎麼說，不然的話，你這三個姑姑是不會放過你的。」

林東點點頭，「媽，我知道了，晚上吃飯的時候，我會跟她們好好說說的。」

「你心裏有數就好，咱家就這幾個親戚，可不能惹惱了她們。」林母叮囑道。

林東問道：「對了，我爸呢，我回來到現在還沒看見他呢？」

林母道：「你爸害怕被你三個姑姑纏著，吃過飯就去後莊玩了。」

林東笑了笑，走了出去。他的三個姑姑們見他從房裏出來了，又立馬圍了上來。

「東子，你這車值不少錢吧？」大姑姑指著林東停在門外的車問道。

林東笑道：「大姑媽，這車不值多少錢。車嘛，只要不太差就行，不都是開嘛，買多貴有啥意思。你們要不先坐著，我去幫我媽忙活晚飯去。」

林東剛要邁步，卻被三個姑姑拉住了，小姑姑道：「你一個大男人別進廚房，我們去幫你媽做飯。」說完，三個姑姑一陣風似的全湧進了廚房裏，捲起袖子，忙這忙那，倒是讓林母無事可做了。

到了五點多鐘，天已黑了，林父才回家。

林東的表兄弟們正和他在聊天，見林父回來了，紛紛站了起來，一個個都朝林父走去，嘴裏叫著「舅舅」，手裏捏著香煙。

林父不知該拿誰的好，就一個都沒拿，「你們都收回去吧，我身上帶著煙呢。」

林母從廚房裏走了出來，看到林父回來了，「正好你到家了，洗洗手，咱們吃飯吧。」

「東子，你弟弟都十九歲了，老大不小的人了，初中畢業三年，成天在家裏晃悠，這也不是個事啊。你現在有出息了，自己有大公司，看看能不能拉你弟弟一把？」林東的小姑媽說道。

她剛一說完，剩下的兩個姑媽也開了口，話雖不同，但卻都是一個意思。所有人的目光都盯在他的臉上，等待他的回覆。

林東道：「三位姑媽，咱們是最親的親戚，我的表兄弟我當然願意幫了。不過你們讓我把他們帶到蘇城去，我覺得並不合適。我就實話實說了啊，我公司的工作他們去了也幹不了，他們會很難適應那個環境，會感到很彆扭。今天我在鎮上轉了轉，心裏產生了一個想法，我打算在鎮上開個大型超市，如果表哥幾個願意，我很歡迎他們來幫忙打理超市。月薪方面，剛開始每月三千，以後看超市的業績。業績好，當然薪水會提高。」

三千塊的月薪在懷城縣這個地方已經算是相當高的高薪了。林東的三個姑媽和表兄弟們聽了這話都已面露喜色。

「哥，我願意去你的超市幹活。城裏的大超市我去過，可好了，冬天很暖和，夏天很涼快，多好的工作環境啊。」趙慶樂呵呵的道。

大姑媽家的郭三水也笑道：「東子，你哥那麼大的人了還沒份工作，都聽你的安排。」

二姑媽家的張達魯拍著胸脯，「東子，我也願意去你的超市工作。」

林父的臉上則沒有表現出丁點喜色，問道：「東子，你開什麼超市？怎麼突然冒出了這想法？」

林東道：「爸，就在我乾爹的老宅那兒，我打算把那一排房子買下來做超市，剩下的房子做飯店什麼的。」

林父憂心忡忡：「這能行嗎？鎮上那麼多小超市。」

林東知道父親的想法和羅恒良應該是一樣的，他笑道：「爸，你不用操心，只要好好弄，賺錢的機率還是很大的。」

「東子，你那超市什麼時候能弄好？」大姑媽問道。

林東道：「這個我也不知道，最主要的就是把那兒的房子買下來，剩下的都很好辦。」

林父道：「那房子是三黃村黃白林蓋的，他會賣給你嗎？」

「爸，你就甭操那麼多心了，生意都是談出來的，凡事都有可能嘛。」林東笑道。

三個姑姑面面相覷，都覺得這事情不是那麼可靠，八字還沒有一撇，房子都還沒買下來，超市就更不知道什麼時候能搞起來了。不過林東的三個表兄弟則都非常興奮，已經迫不及待的想要大幹一場了。

吃完飯，一家三口把親戚們都送走之後，林父把林東叫到了房裏。

「開超市的事情，你有多大的把握？」

林東答道：「開起來的把握是百分之八十，賺錢的把握是百分之百。」

林父潑兒子冷水，「你小子別胡吹大氣。黃白林當初看重那塊地，也說是要搞大超市的，這不，房子蓋到一半停工了。我覺得那塊地的風水可能不大行，既然你已經決定搞了，我就不攔著你了。但是只一點你要記住，找個風水先生去看一看，真要是風水不好，也請先生給你施法化解。」

懷城縣人迷信，林父那麼說也不足為奇。

林東表面上應付了幾句，但內心裏卻並沒有把林父的話當一回事。賺錢不賺錢不是靠風水的，靠的是眼光！

第二天上午，邱維佳給林東打了個電話，說是他已經讓他的一個哥兒們放出了消息，黃白林估計已經知道了，讓林東靜靜等候消息。

林東在家無事，把林翔叫到了家裏，讓他幫忙看看電腦。林翔到他家一看，說是電腦中毒了，要重裝系統。

「那就重裝吧。」林東道。

林翔很快就把系統重裝了一遍，他剛走，就有個滿臉絡腮鬍子的大漢騎摩托車到了林東家門口。

「你找誰？」林東問道。

那大鬍子看著林東，笑道：「請問這是林老板的家嗎？」他仔細打量了一下眼前的破房子，心想這怎麼可能是一個大老板的家，以為自己摸錯了地方。

「你找林東？」林東問道，已大概猜到了來者是誰。

那人笑道：「是啊，我就是來找他的。」

林東笑道：「我就是，請問你是哪位？」

大鬍子趕緊把摩托車支好，從兜裏掏出煙，笑著朝林東走來，「沒想到林老板那麼年輕，我叫黃白林，三黃村的。」

林東猜得沒錯，來者正是黃白林。黃白林既然那麼快就找上門來了，看來他很心急，林東心想這樁生意應該很好談。

「林老板，抽煙。」黃白林笑著遞了一支煙過去。

林東伸手擋住了，「到我家了就是客人，得抽我的，來。」

黃白林也不客氣，從林東手裏接過了香煙，跟著林東進了屋。

「黃老板，你找我有什麼事嗎？」林東笑問道。

黃白林道：「我昨晚推牌九，聽一個朋友說你想買房子搞超市？」

林東點點頭，「是有這想法，年前在咱縣裏轉了好幾個鎮子，好幾個地方都還不錯。」

黃白林道：「有沒有考慮過咱們大廟子鎮啊？」

林東笑道：「考慮過，可惜沒有看好的地方。再者咱們大廟子鎮離縣城較遠，經濟情況在咱們縣排倒數第一，老百姓不富裕，怕開不紅火，交通不便，以後進貨也不方便。我雖然是大廟子鎮的人，但我也是個商人，追求的是利益最大化。黃老哥，這話你明白的。」

黃白林道：「我說一個地方，林老弟你看看怎樣？」

林東道：「你且說來，我聽聽。」

「那地方在鎮中心，是鎮子最繁榮的地段，人流量是最大的，就在農技站的斜對面。」黃白林道。

林東點點頭，「你說的那地方現在不正在蓋樓嘛，房子都蓋好一半了。」

黃白林笑道：「林老板，那房子就是我蓋的。那地段著實不錯，原先我也打算蓋起來搞超市的，但後來我有個朋友給我指了另一條發財的路子，所以我就打算把房子賣出去。咱們畢竟都是大廟子鎮的人，你要是把超市落戶在咱鎮上，也算是對咱鎮上的百姓做了回貢獻。至於老百姓窮富的問題，再窮也得消費啊，超市開起來還怕沒生意？不可能啊！」

林東笑道：「你容我考慮考慮，南邊的馬集鎮和東邊的王集鎮都離縣城近些，而且也有好地段，我現在也很難抉擇。」

黃白林感覺林東對他的房子的興趣並不大，有些急了，這些天信用社的人天天催他還貸款，這年都沒過安穩，所以聽到有個人在找房子搞超市，他立馬就向朋友打聽起買主的情況，更是主動找到林東家門上。

「林老板，馬集鎮和王集鎮都有大超市了，而且人家超市的生意並不差，弄在那邊競爭大啊！」

林東笑道：「黃老哥，超市生意火好啊，說明當地老百姓已經養成了進超市消費的習慣。」

黃白林說不過林東，心裏急的火燒火燎，坐立難安。

「黃老哥，這樣吧，你先回去，容我考慮考慮，怎樣？」林東道。

黃白林和林東握了手，「林老板，請你看在家鄉老百姓的面子上多考慮考慮咱們鎮。打攪了，我告辭了。」

林東把黃白林送到門外，看著黃白林臉上帶著遺憾與焦急之色走了。

回到家裏，林母問道：「那大鬍子就是黃白林？」

林東點點頭，「對，咱鎮裏劉書記的小舅子。」

林母問道：「你不是打算在咱們鎮上開超市嘛，為什麼黃白林主動來要賣房子給你，你又說要考慮考慮？」

林東笑道：「媽，這叫欲擒故縱。要是讓他看出來我想買他的房子，那他還不把價開得高高的，得讓他著急，這樣我才能少花點錢買到他的房子。」

林母似乎懂了，「鬼小子，哪來的那麼多鬼主意。你也別太讓他著急了，否則萬一他賣給了別人，我看你該怎麼辦。」

林東道：「媽，我知道了，我會把握好分寸的。」

林母轉身進了廚房，林東則坐在門口曬太陽。暖暖的陽光曬在身上十分的舒服。今天已經是大年初三了，這種閑暇安逸的日子很快就要結束了，他最晚也得在初十之前回到蘇城。

他忽然想起放在車廂後面的瓦罐，那裏面可裝著長生泉的水。打開後車箱一看，瓦罐倒在裏面，水已經全部都灑光了。長生泉裏的水有那麼神奇的功效，他本想拿著這水找人化驗一下的，現在全灑了，看來只能找時間再去一趟大廟，下次一定得準備好一個飲料瓶子，那樣就能確保水不會灑了。

他把瓦罐從後車箱裏拿了出來，隨手放到了窗台上面……

初四一早，林東就接到了顧小雨的電話。

「林東，你什麼時候回蘇城？」

林東答道：「具體哪天還沒有定，應該在初十之前。」

顧小雨問道：「我發給你的方案你看了沒？」

林東笑道：「看了，相當不錯，遠遠超過了我的要求。」

顧小雨道：「該拜訪的親戚我都拜訪過了，如果你有閒暇咱倆可以見一面，具體的細節再聊一聊。之前我跟嚴書記簡單的聊了一下，她也挺感興趣的，非常想見見你。」

林東笑道：「正好我今天沒事，要不咱們中午見，另外，我還想請你幫個忙。」

顧小雨以開玩笑的口吻說道：「你不會是又跟人打架了吧？」

「你當我是小孩嗎？怎麼可能動不動跟人打架，這次是想請你找人幫我化驗一瓶水。」林東道。

顧小雨極為不解，「一瓶水？水有什麼好化驗的。」

林東笑道：「這瓶水直接關係到我們度假區的專案能不能成功，非常重要，你可千萬別小視了。」

顧小雨聽他這麼說，心知林東不會在這種事情上跟她開玩笑，說道：「好吧，你把它帶過來，我幫你聯繫咱們市裏理工學院的教授，請他幫忙化驗一下。」

掛了電話，林東就開車去了鎮上，在路邊的小店裏買了一瓶礦泉水，把裏面的水全部倒掉，開車往大廟去了。

還未過正月初五，大廟還沒開放，因而當他進去時，一路上一個人也沒碰見。走到大殿前面，又看到了上次遇到的那位老和尚。

老和尚也看到了他，停下了手裏的活兒，雙掌合十，「施主，咱們又見面了。」

林東笑道：「大師，不好意思，我又來叨擾了。上次帶回去的水灑了，這次我帶了瓶子過來，能否再去裝一瓶？」

老和尚笑道：「施主請自便。」

林東饒過大殿，來到了長生泉所在的那座破落廟宇的前面，走了進去，在礦泉水的瓶子裏灌了一瓶子的水。等他往回走到大殿前面，老和尚仍在掃地。

「多謝大師，晚輩這就告辭了。」林東恭敬的說道。

老和尚道：「施主請留步，你兩次來取長生泉裏的水，可否告知老衲為何呢？」

林東笑道：「大師，晚輩想拿去化驗一下，看看能否解開長生泉神奇功效的秘密。」

老和尚面色凝重，環目四顧，望了望古廟中的廟宇古木，揮揮手，臉上一臉的迷茫，「你去吧。」

林東生怕老和尚反悔，加快步伐朝外面走去，到了廟門外面，想起老和尚剛才的表情，心想日後如果以古廟作為吸引遊客前來的噱頭，多半會遭到廟裏老和尚們的反對。

他搖了搖腦袋，心想先不管別的，到時候如果老和尚們反對，只要政府同意，他們反對也沒用。

林東把裝了長生泉之水的瓶子小心的放進車內，然後就開著車往縣城去了。顧小雨還在放假期間，到了縣城之後，林東就直接開車去了顧小雨在縣城的家。顧小雨的父母都是懷城縣縣化工廠的工人，所以她家就在化工廠的集體社區內。

林東把車停在社區門口，給顧小雨發了條簡訊，告訴她，他已經到了。

顧小雨收到了簡訊，拎著包就出門了。她爸媽看到她竟然化了妝出門，都覺得很驚訝。

顧小雨向來對自己的皮膚與面容很自信，即便是和嚴書記一起出席非常重要的場合，她也是素面朝天，她的父母也很少看到女兒化妝，所以看到女兒化了妝才出門，感到既驚訝又奇怪。

「老頭子，我跟去看看小雨去哪兒了。」顧小雨的媽媽說完就出了門。

顧小雨很快就到了社區門口，林東遠遠瞧見她走來，就下了車。

「班長，我在這兒。」林東朝顧小雨揮揮手。

顧小雨朝他走來，笑道：「我老遠就看到你了，開那麼輛扎眼的車，誰能瞧不見你。」

林東笑了笑，拉開車門，「班長，請上車吧。」

顧小雨白他一眼，嗔道：「早就跟你說過私下裏不要叫我班長了，就叫我『小雨』吧，冉叫錯了小心我生氣！」

「那個班……小雨，我記住了。」林東瞧見了顧小雨今天的異常，娥眉淡掃，紅唇似火，雖然只是化了一個很簡單的妝，卻給她這個女強人增添了不少女人味，沒想到女強人的另一面也頗令人心動。

林東坐進了車內，問道：「我們去哪兒？」

顧小雨道：「我知道市區有家咖啡廳比較安靜，很適合聊事情，要不我們就去那兒吧？」

林東道：「好啊，你指路。」

林東在顧小雨的指引下，把車開到了那家叫愛倫堡的咖啡廳門口。進去一看，環境十分的清靜幽雅，店裏面很空蕩，他倆找了個位置坐了下來。顧小雨要了一杯咖啡，林東要了一壺花茶。

「快說說那個什麼水到底有什麼作用？」顧小雨急問道。

林東答道：「這其實是我偶然發現的，我們鎮上有個大廟，廟裏面的樹，冬天依然長青如夏，而外面的樹卻早已凋敝了。後來我向廟裏的老和尚一打聽，老和尚把我帶到了一口古井旁邊，那古井下面不斷的冒出熱氣。」

顧小雨訝聲道：「天吶，那廟的下面不會是藏著溫泉吧？」

林東點點頭，「我覺得有可能是，摸摸大廟裏地表的溫度也的確要比外面要熱，所以就算是剛下過雨的冬天，我也從未在大廟裏見過冰。」

顧小雨笑道：「這倒是個好噱頭，應該能吸引一些人過來。」

林東笑道：「小雨，更神奇的你還不知道，這水可比你想像的要神奇多了。」

顧小雨追問道：「到底怎麼個神奇法，你倒是說啊。」

林東搖搖頭，「暫且不告訴你，等我與嚴書記談好了條件之後才能告訴你。」

顧小雨笑道：「你果然已經成為了一個徹徹底底的商人，好吧，既然這樣我就不多問了。」

林東道：「咱咱們就開始談一談方案吧。」

二人都是工作狂，一聊起來就沒完沒了，直到下午兩點多鐘，才把方案的各個細節之處都想到了，覺得已沒有什麼可補充的時候才停了下來。

「林東，你餓不餓？」顧小雨問道。

林東點點頭，「剛才還沒覺得餓，被你這麼一問，忽然間感到很餓，肚子都咕咕叫了。」

顧小雨笑道：「你也不瞧瞧現在幾點了，咱倆都聊了幾個小時了。就在這裏叫點東西吃吧。」

林東點點頭，把服務員叫了過來，他要了一碗牛肉麵，顧小雨要了一份牛排。

填飽了肚子，顧小雨道：「你不是讓我幫你找化驗水的人嗎，我已經找好了，要不現在帶你去見他？」

林東道：「好啊，那咱們現在就出發吧。」

「行，你開車到理工學院，他在實驗室等我們。」

林東開車帶著顧小雨朝理工學院去了，理工學院就在市區，是江陰市唯一一所本科大學。到了那兒，顧小雨跟門外說明了情況，門外就放他們進去了。林東一直把車開到了化學部實驗室的樓下。

「等一下，我給他打個電話。」顧小雨說完，就坐在車裏打了個電話，掛了電話沒幾分鐘，那人就下來了。

顧小雨介紹道：「林東，這是我們市理工學院化學系的李教授。」

林東上前握住李教授的手，「李教授你好，我叫林東，是顧小雨的高中同學。」

李教授大概五十上下，瘦瘦高高的個子，戴著副眼睛，長相斯文，精神看上去十分不錯。

「你好，聽小顧說，你想請我幫忙化驗一下什麼水？」李教授笑問道。

林東點點頭，「對的教授，就是這個瓶子裏的水，你幫我化驗一下，看看跟普通的水有什麼區別。」

李教授道：「這個不是問題，只是需要點時間，最快明天給你答覆，晚點的話也就是後天。你留下電話號碼，有結果了我給你打電話。」

林東說出了自己的手機號碼，李教授存在了手機裏。

「我實驗室裏還有事情，就不請二位上去了。」李教授道。

「教授，你有事就趕緊去忙吧。」林東笑道。

李教授一點頭，轉身就朝樓梯走去。

林東和顧小雨相視一笑，這做學問搞研究的人一眼就能看出來。

二人從理工學院出來，時間已經不早了。

林東道：「小雨，我送你回去吧？」

顧小雨點點頭，「林東，我問你個問題，柳枝兒離婚後，你打算怎麼對她？」

林東道：「你是什麼意思？」

顧小雨直言道：「我是問你會不會跟她在一起？」

林東沉默半晌，沒有回答。

「你是不是嫌棄她嫁過人了？」顧小雨問道。

林東搖搖頭，「不是，我的事情你知道的不多，在我和柳枝兒之間還有個女人，也就是我現在的女朋友，我真不知道該怎麼抉擇。」

林東沒有看到顧小雨此刻失望的表情，「你已經有女朋友了？」

林東點點頭，「是啊，在我落魄的時候她不嫌棄我，給了我很多幫助。」

顧小雨道：「你現在還和她在一起，不會是因為要報恩吧？」

林東笑道：「那倒不是，我是真心愛她的。」

聽了這話，顧小雨就什麼話也不說了。一直到林東開車送她到化工廠的集體社區前面，和林東說了聲再見，推開車門就走了。林東把車停在社區門口好一會兒，愣在這裏好久，怎麼也想不明白為什麼顧小雨莫名其妙的不理他了。

「女人心海底針，這話說的一點都不假啊，我還是別去琢磨了，回家吧。」

林東調轉車頭，回家去了。

林東開車一路飛奔回家，在進入柳林莊的時候才想通了今天顧小雨後來為什麼不理他了。

這個女人喜歡上他了

他不可否認顧小雨各方面的條件都很優秀，獨立自主、美麗大方，而這些只能讓林東欣賞她，卻不能令他對其產生情愫。他很瞭解顧小雨，從高中的時候就很瞭解她，這個女人只崇拜強者，她喜歡的或許並非林東這個人，而是他所取得的成就。

他開車到了家裏，天已黑了。

剛下車，裝在兜裏的手機就響了，掏出一看，竟是高倩打來的，難道她從北海道回來了？

電話接通了，裏面傳來高倩特有的笑聲。

「東，我回來了。」

林東沒料到高倩會那麼早回來，「倩，不是說要初六才能回來的嗎？」

高倩笑道：「本來是這樣安排的，但後來有些地方去不了，所以我和小夏就提前回來了。對了，你什麼時候回蘇城？」

「家裏還有些事，我打算在老家這邊搞點投資，所以可能還要過幾天才回去。」林東答道。

高倩的聲音中透露著興奮，「東，你知道嗎，我爸把東華娛樂公司買下來了。」

林東訝聲道：「啊，那不是萬源的公司嗎？」

高倩道：「是啊，萬源跑了，公司倒閉了，我爸知道我一直想搞一個娛樂公司，所以就買下來送給我了。哈哈，我現在是東華娛樂公司的總裁了。」

高倩得償所願，林東也替他十分開心，「倩，我想東華娛樂公司在你手裏一定會起死回生的，說不定兩三年後上市也有可能呢。」

高倩笑道：「但願能夠如你所說，哦，對了，你在家嗎？我想跟你爸媽通通電話，過年的時候我在國外，現在回來了，如果不是東華那邊許多事情等著我去熟悉和處理，我真想開車去你老家看看他們二老。」

林東笑道：「行，你等著，我把電話給他們。」

林東走進了廚房，林家二老都在那裏。

「爸媽，高倩打電話來了，想跟你們聊一聊。」林東把手機的揚聲器打開。

林母在圍裙上擦擦手，林父掐了煙，圍到林東面前。

「倩，我爸媽都在我身邊，你說話吧。」林東笑道。

高倩在電話另一頭笑道：「伯父伯母你們好，我是高倩，給你們拜個晚年了。」

林父沒來由的緊張起來，不知道該說什麼是好，只是咧嘴不停的笑。林母也很緊張，結結巴巴道：「小……高姑娘，你好啊。謝謝你給我們的禮物。」

高倩道：「伯母，我還擔心買的禮物你們不喜歡呢，等過完年你們有時間一定到蘇城來玩，我帶你們好好逛逛，蘇城有好多好玩的和好吃的。」

「一定，我們一定去。」林母既緊張又興奮。

林東道：「倩，我爸媽都很緊張呢，他們都很喜歡你。我看就別講了吧，你剛從國外回來，好好休息。」

高倩道：「好的，那我掛了啊。」

掛了電話，林父長長鬆了口氣，這個老實的樸實農民頭一次感到喘不過氣來。

「老頭子，你剛才怎麼不說話啊？」林母問道。

林父歎道：「嗨，我沒用啊，緊張的不知道說啥好。」

「瞧你這樣，以後見到小高姑娘的家長了，你不更緊張！」林母轉身朝灶台走去。

林父咧嘴嘿嘿直笑，「那不會，我就是對未來兒媳婦緊張，見其他人不會緊張。」

林東進了房裏，打開電腦，見高倩線上，就和她聊了起來。

「倩，我聽說東華娛樂公司的帳面上欠了很多債，你爸是基於什麼考慮收購這個公司的？」

高倩道：「你說的沒錯，我爸是看重東華的這個平臺，畢竟這家公司名下還和很多明星簽著約呢，甚至還有一兩個一線明星，二三線的就更多了。如果不是萬源經營不當，東華娛樂公司現在應該是國內同行業的領導者，可惜現在被宜華影視和先廣傳媒超越了，市場份額不斷的被那兩家公司蠶食。」

林東的手機飛快的在鍵盤上敲擊著，「宜華影視是國內電影業的老大，先廣傳媒做電視劇最厲害。以前東華娛樂是電影和電視都搞，兩手抓，兩手都想硬，可最終的效果表明，這樣做是不可取的。你有沒有想過接下來怎麼帶領公司突圍？」

高倩很快就回覆了他，「我腦子裏已經有了個朦朧的想法，等你回來的時候我跟你好好聊一聊。」

第七章 泉水裏的微量元素

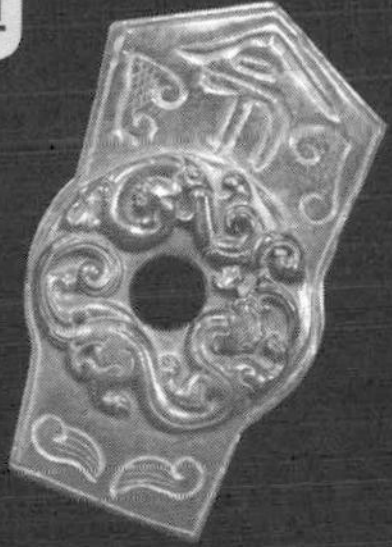

「林先生，你的水是從哪裏弄來的？」李承基掩飾不住心中的興奮，於昨日初見他時冷漠的表情截然不同，就像是吃了興奮劑似的。

林東沒有直接回答李承基的問題，「李教授，那水有什麼問題嗎？」

李承基滿臉興奮，「水是沒什麼問題，就是水裏含有一些微量元素有問題。」

林東緊張的問道：「有啥問題？」

初五早上，林母煮好了餃子，把林東叫起來吃飯。

一家三口正在吃飯的時候，黃白林又來了。他是騎著摩托車來的，大早上霧大，頭髮上都是霧水，臉和耳朵凍的通紅。

「黃老哥，吃了沒？快進屋坐。」林東起身把黃白林迎進了屋裏。

黃白林笑道：「林老闆，我吃過來的，過來就是想問問你那事情有沒有考慮清楚了。」

林東道：「黃老哥，你先坐坐，我吃完飯再跟你談談。」

林母給黃白林倒了一杯熱開水，黃白林把水杯捧在手心，陷入了焦急的等待之中。

林東吃完了早飯，遞了一根煙給黃白林。

「昨天我去馬集鎮和王集鎮看過了，那兒的地方的確是不錯。」

黃白林一聽這話，慌了，「林老闆，大廟子鎮可是你的家鄉啊，你開超市是方便老百姓購物，這大好事不能不考慮家鄉吧？」

林東道：「不是我不考慮，大廟子鎮當然也是我重點選擇的對象了，但是你那房子的價錢方面……我不是太瞭解。黃老哥，咱做生意得考慮成本不是。」

黃白林一聽這話，感到還有一線希望，便急忙說道：「林老闆，價錢方面你都還沒問我呢，怎麼就知道不合適呢。既然你提到價錢了，那我就說個數吧，一百萬。」

林東倒吸了口涼氣，「這價錢可夠高的啊。」

黃白林道：「不高不高，那一排房子有一千多平方，一百萬不算高。」

林東沉默不語。

黃白林也沒心思吸煙，緊盯著林東的臉，直到夾在手指中間的煙頭燙到了手，這才慌忙把煙頭扔了。

「林老闆，你倒是說句話啊！」黃白林催促道。

林東一拍巴掌，「這樣吧，價錢你再讓一步，八十萬那房子我要了。」

這下輪到黃白林倒吸一口涼氣了，八十萬也就剛剛比他的本錢多一點，心想這小子看上去那麼年輕，但真不是個好蒙的主兒，說道：

「林老闆，八十萬太少了，還不夠我的本錢，你多少再加點，我看合適了咱就成交。」

林東道：「我報的這個價是比較合適的，如果你想高點也可以，我給你八十五萬，但是要分四期給你錢，每一季度給你一次錢，怎麼樣？」

黃白林急著收回本錢，信用社已經下最後通牒了，說再不還錢就要起訴他，心一横，說道：「那就八十萬吧，那房子我賣給你了，就當我賠本交你這個朋友。」

林東伸出手和黃白林握在了一起，黃白林的手冰涼冰涼的。

「黃老闆，房子過戶手續辦好之後，我立馬把錢給你，現金。」

黃白林有些後悔，覺得那房子賣賤了，但是說出去的話就是潑出去的水，豈能言而無信，「好，咱們儘快把過戶手續辦了。」

林東把黃白林送到門外，黃白林跨上了摩托車，踩了好幾下才把車發動，一副失落的模樣。

「黃老哥慢走，小弟不送了。」

黃白林回頭勉強笑了笑，開車走了。

林家二老走到林東身後，林母道：「兒啊，你幹嘛不給黃白林多點錢，你看把人都弄成啥樣了。」

林東道：「媽，做生意就是這樣，講究利益最大化，成本最小化。況且我開的價肯定高於他的成本，否則他也不可能賣給我。」

林母搖搖頭，端著飯碗回屋去了。

林父道：「你小子不是胡吹大氣，這下我就放心了，待會我就給你三個姑姑打電話，有了那房子，超市就算是開起來了。」

有了地方，接下來就是再投些錢，超市這件事就算是搞定了，總算可以對親戚們有個交代，林東心裏鬆了口氣，現在他擔心的就是王國善能不能說服王東來。這都過去幾天了，王國善一點消息都沒有，他懸著的一顆心始終放不下來。

吃過早飯不久，劉強和林翔兩人進了林家。

「東哥，我和二飛子商量過了，打算明天就回蘇城，我們不能有錢不賺。過年的這段時間正是生意好的時候，所以想早點回去。」劉強笑道。

林翔也說道：「是啊，在家也算風光夠了。東哥，我們明天就走了，已經從郵局買好車票了。」

林東笑道：「那你們就先去吧，我在家把要做的事情忙完就回去。」

二人在林東家裏坐了一會兒，快到中午的時候離開了他家。林東在家裏吃了午飯，飯後接到了一個陌生號碼的來電。

「喂，你好，請問你是哪位？」

電話那頭傳來一個渾厚的聲音，「你好，請問你是林先生嗎？」

林東答道：「對，我是，你是哪位？」

「我是理工學院化學系的李承基啊。」

林東心想難怪這聲音有些熟悉，笑道：「哦，是李教授啊，失敬失敬。」

李承基道：「你那瓶水我已經化驗過了，如果你有時間就過來一趟吧，我跟你當面說說。」

林東道：「好啊，那我現在就過去。」

掛了電話，林東開車就出了門。到了理工學院化學系的樓下，林東按照電話裏李承基說的門牌號，找到了李承基所在的實驗室。

李承基聽到有人敲門，走過來打開門，見是林東，將他請了進去。

「林先生，你的水是從哪弄來的？」李承基掩飾不住心中的興奮，與昨日初見他時冷漠的表情截然不同，就像是吃了興奮劑似的。

林東沒有直接回答李承基的問題，「李教授，那水有什麼問題嗎？」

李承基搓著手，滿臉興奮，「水倒是沒什麼問題，就是水裏含有一些微量元素有問題。」

林東緊張的問道：「有啥問題？」

李承基笑道：

「林先生別緊張，那水裏面含有許多微量物質，說得太術語你估計也聽不懂，那我就說的通俗點吧，你送來的水裏含有的那些微量物質都是寶，能夠強身健體抗衰老，對人體十分的有好處。」

李承基從桌子上拿了一張紙給林東，紙上寫了許多字母，都是化學裏專用的元素的符號，「你瞧，這些都是那水裏面所含的微量元素，這些微量元素如果分開來的話，即便是被人體吸收，也不會有什麼多大的作用，但如果一旦被人體同時攝入，那就會產生神奇的作用。」

「李教授，這有科學依據嗎？」林東問道。

李承基道：「我搞了半輩子研究，還能跟你說沒依據的話？」

「太好了！」林東的拳頭握得緊緊的，聲音十分激動，心想只要有了科學依據，日後宣傳起來，可信度將大大提高，一定可以吸引很多遊客前來懷城。到時候長生泉裏的水，一瓶子賣到上千估計也會有人買。

不過賣水並不是他賺錢的手段，只是把遊客吸引來的噱頭，看來還是得儘快跟懷城縣的領導接觸一下，儘早把建度假村的事情落實下來。

從李隆基的實驗室出來，林東步履輕盈，感覺全身輕飄飄的。如果說搞超市只是給他的親戚們安排個工作，那搞度假村就是個全縣乃至全市的老百姓造福，屆時前來懷城旅遊的遊客多了，肯定可以帶動當地經濟的飛速發展，最得益的還是大廟子鎮的老百姓。

林東開車往家裏趕去，到了鎮上，看到了王國善佝僂著背，一個人走在馬路上。

林東停了車，下車叫住了他，「王鎮長，你等等。」

王國善回頭一看，見是林東，停住了腳。

「那事情怎麼樣了？」林東問道。

王國善道：「唉，不怎麼順利，東來這孩子倔得很，說不通啊。」

林東道：「王鎮長，我想你一定有辦法說得通他。鬧上法庭不是我們想要看到的局面。」

幾日沒見王國善，這老頭看上去比之前更瘦更矮了，看來這幾天必定費了不少心思。

「東來已經意識到柳枝兒不可能繼續跟他過日子了，心裏已經有點動搖了。」王國善道，「我再說說，說不定他就想通了。」

林東開車去了邱維佳家裏，邱維佳正在門口洗他家的舊貨車。

「林東，你怎麼來了？」

林東走過去，笑道：「維佳，我是來請你幫忙的，不過這次的忙不讓你白幫。」

邱維佳放下手裏的活兒，笑道：「走，屋裏說去。」

二人進了屋，剛坐下林東就說道：「維佳，我要在鎮上搞超市，黃白林把那房子以八十萬的價格賣給我了。」

邱維佳直搖頭，「哎呀，黃白林太不淡定了，中了你的奸計了，賣賤了。」

林東笑道：「誰讓他那麼急著還貸款呢。」

邱維佳歎道：「無商不奸，林東，你算是讓我領會到這句話的真正含義了。」

林東收起臉上的笑容，正色道：「維佳，我這次來是想請你做我的店長的。」

邱維佳道：「店長，什麼店長？」

「還能是什麼店長，超市的店長唄。」林東笑道。

邱維佳撓撓頭，「這個……你又不是不知道，我得給領導開車，雖說大部分時間很閑，但是也有忙的時候啊，恐怕做不了你的店長。」

林東道：「維佳，有些話我早就想跟你說了，你要是想在仕途上有所作為，就不要當你的駕駛員了，可以找顧小雨幫忙，只要她說一句話，自然有人把你調到更好的崗位去。但我覺得你的性格不適合在官場上混。」

邱維佳知道林東不是為了想說服他做超市的店長才說這番話的，沉默了一會兒，想了想這幾年在機關裏度過的日子，實在是覺得那就是個沒有生機充滿條條框框的鐵牢籠，自己這幾年幹的也很不快活。

這時，邱維佳的老婆丁曉娟從裏屋走了出來，兩個男人剛才在外面的談話她在裏屋都聽到了，若不是靠著老一輩攢下來的積蓄，家裏靠著邱維佳那點微薄的工資早就過不下去了，所以她也希望丈夫能夠把機關的那份工作辭了，找一份能掙大錢的活兒。

「維佳，林東說的沒錯，這兩年我是看在眼裏的，你不喜歡給人開車，我看那份活兒你就辭了吧。我不管你做不做林東超市的店長，你一個大男人出去好歹闖蕩闖蕩也比在機關裏掙的多。」

邱維佳得到了老婆的支持，心一橫，「好，辭了就辭了，老子不伺候了。」

丁曉娟見他下了決心，露出了久違的笑容。

「維佳，店長的事情你考慮考慮吧，你是我的第一人選。」林東笑道。

邱維佳道：「不用考慮了，你是我兄弟，我兄弟信任我，我還能說什麼，我答應了，給多少你說了算。」

林東道：「我不發你工資，年底淨利潤的百分之五給你，掙多掙少就看你的了。」

丁曉娟欣喜若狂，林東這是相當於給他們股份了啊。

邱維佳拍了拍林東，心裏滿是感激，「你放心吧，這個店有我，不會讓你操半點心，你就等著收錢吧。」

林東道：「考慮今年可能是超市開業的第一年，所以等超市開起來之後，每個月發你五千塊工資，從第二年起分紅給你。」

「行，我沒話說。」邱維佳道。

丁曉娟聽到每月五千塊，這可抵得上邱維佳在機關裏三個月的工資了，樂得合不攏嘴，「林東，今晚就別走了，我去弄飯，晚上你和維佳好好喝幾杯。」

吃完飯後，林東開車先回去了，在回柳林莊的土路上看到了一個人，他沒想到那麼晚了王東來會出現在這條路上。王東來是往鎮上走的，耀眼的燈光刺得他睜不開眼，停在了原地。

林東把車停在路上，下車朝王東來走去，走到近處，看到王東來身上的衣服沾滿了泥土，像是在哪兒摔了一跤。

「王東來，你去柳枝兒家了？」林東問道。

王東來早知道是他的車，除了他，這個鎮就沒有別人有私家車。

「我去我老丈人家還需要向你請示？」王東來昂著頭道。

林東道：「你愛去哪兒我管不著，只是我想跟你說一句話，柳枝兒跟著你得不到幸福，請你放過她吧。」

王東來抬起袖子擦了擦鼻涕，哈哈大笑，「你這不是扯淡嘛，柳枝兒是我老婆，是我的人，你搶我的老婆還跟我講大道理？我最討厭的就是你這種滿嘴仁義道德的衣冠禽獸。」

林東搖搖頭，「那好吧，如果你執意不答應，我想我們只能通過法律手段來解決問題了。王東來，我希望你想清楚，上了法庭你有幾分勝算。」

「你有錢，你能請最好的律師，你不就是想告訴我這個嗎？老子不怕。誰搶了我的老婆，我跟他玩命！」王東來扯起嗓子嗷嗷道。

林東歎了口氣，說道：「這裏離你家還很遠，你腳不方便，我送你回去吧。」

王東來目光一變，臉上的表情很迷惑，「林東，你會那麼好心？這裏前不著村後不著店，你不會是想殺了我吧？」

林東冷冷道：「你太高看你自已了，你爛命一條，殺了你把自己的命搭上，我腦子有病才殺你。」

此地離鎮上還有十幾里路，以王東來的速度估計還要走三個鐘頭。他下午趁王國善不在家從家裏溜了出來，走了三四個小時到了柳大海家，卻被柳大海揍了一頓，連柳枝兒一面都沒見著。

王東來知道見不到柳枝兒，但又沒有本事強行闖進柳大海家，便在門口罵了一會兒，一瘸一拐的往回走了。那時天色已黑，走到這裏，路上一點亮光都沒有。他從未單獨走過夜裏，加上膽子本來就很小，不由得渾身直哆嗦，幸好遇見了林東，就算是這麼一個令他討厭至極的人，只要這會兒能和他說會兒話，他也不會反感，心裏反而害怕林東丟下他走了，在這荒郊野地的，別從哪兒冒出來幾隻野狗把他給撕了。

王東來越想越害怕。

林東站在車門旁邊，說道：「王東來，我只是好意想送你回家，如果你不領這份情，我就走了。」

「別！」王東來急芒道。

林東冷冷一笑，「如果你想我送你回去，那就自己走過來上車吧。」

王東來歎了口氣，一瘸一拐的朝林東的車走去。到了車前，二話不說，拉開車門坐到了後排靠右的位置上。林東微微一笑，這傢伙倒是挑了個好位置，要知道那位置是整個車裏最好的位置。

林東上了車，調轉車頭，往鎮上開去。

「林東，你別指望我感激你，這是你欠我的。如果不是你破壞我和柳枝兒的家庭，我們夫妻現在過得好好的，日子美著呢。」王東來一路上嘀嘀咕咕的說個不停，全都在數落林東的不是。

林東一言不發，直到把車開到了王東來位於鎮東的家門口。

「你到了，下去吧。」

王東來推開車門下了車，往前走了兩步，忽然又掉頭走到車旁。

林東搖下車窗，問道：「怎麼，你還有事？」

王東來道：「放心，我不是來砸你的車的，我是來跟你說聲謝謝的。好了，我表達過謝意了，你趕緊走吧，我家門口不歡迎你和你的車。」

林東嘿嘿一笑，這王東來也真是搞笑。他一踩油門，開車走了。

王東來在原地站了一會兒，直到連林東的車尾燈都看不到了才回了屋。過了一會兒，王國善從外面走了進來，瞧見他在家，懸著的一顆心才放了下來，問道：「兒啊，你上哪兒去了？急的我到處找。」

王東來道：「我去柳林莊了。」

王國善看了兒子衣服上的一身泥，驚問道：「柳大海那狗日的打你了？」

王東來搖搖頭，撒了個謊，「他哪敢打我，這是我走夜路摔的。」

王國善道：「兒啊，柳枝兒是鐵了心不會再回咱家了，如果鬧上了法庭，咱們也打不贏官司。那姓林的有錢，派出所的劉三名跟我多少年的交情，還不是被他收買了。他答應給咱三十萬，夠你這輩子花銷的了。我看你就答應和柳枝兒離婚吧，等你離婚後咱拿到錢，爸再給你物色個好媳婦。」

王東來沉默不語，過了好一會兒才開口，「爸，當初娶柳枝兒到底是對是錯呢？」

王國善不明白兒子為什麼會有此一問，反問道：「兒啊，你把你爸弄糊塗了，啥意思啊？」

王東來轉身朝自己的房間走去，嘴裏自言自語，念叨個不停，「是對是錯，是對是錯……」

王國善見兒子那麼反常，跟進了房間，瞧見王東來站在他與柳枝兒的結婚照前，問道：「兒啊，這照片有啥好看的？」

王東來道：「爸，你仔細看看，我從照片裏找到答案了。」

王國善盯著掛在床頭的結婚照看了好一會兒也沒看到什麼答案，心裏越想越害怕，會不會是王東來遭受的打擊太大，神經出了問題？

「東來，你沒事吧，別看了，看不出來什麼的。」王國善急道。

王東來歎道：「爸，你瞧見沒，結婚照上柳枝兒的臉色多冰啊！」

王國善抬頭一看，這照片他也看過無數次了，還是第一次發現照片上的柳枝兒面色冰冷，完全沒有結婚的喜悅。

「看來我不該娶她。」王東來歎了口氣，往床上一倒，閉上了眼睛。

第八章

嫁與不嫁

柳大海咂巴著嘴巴，成功和王東來離婚只算是往裏長征的第一步，他要的是女兒做林家的兒媳婦，「枝兒，那個事情你不能等他主動跟你講，你得主動問他，知道了嗎？為了你自己的幸福，你得主動開口去問。」

柳枝兒道：「爸，這事你別管了。我不會嫁給東子哥的。」

晴空霹靂，柳大海一時愣住了，「你……你剛才說什麼？」

柳枝兒坐了起來，目光堅定的道：「爸，我說我是不會嫁給東子哥的。」

初六一早，黃白林就給林東打了電話，各機關部門在今天都上班了，他是叫林東去辦理買賣房屋的手續的。林東開車帶著他去了一趟縣城，辦好了手續已經是中午了。二人在縣裏吃了頓飯，林東做的東。

吃完飯之後，林東開車將黃白林送到了大廟子鎮上，黃白林的摩托車放在鎮上的親戚家，自己騎摩托車回三黃村去了。在中午吃飯之前，林東已經去銀行把錢轉到了他的賬上，有了這筆錢，他就不害怕被信用社起訴了。

林東又開車去了邱維佳家裏，邱維佳昨晚是喝多了，一直睡到第二天中午才起來。林東到他家門口時，邱維佳正捧著飯碗蹲在門口喝湯，頭髮亂的跟稻草似的。

「維佳，怎麼這時間才吃飯？」林東下車笑問道。

邱維佳站了起來，「昨晚喝多了，剛起來沒多久。」

丁曉娟見林東來了，從屋裏走了出來，笑道：「林東，你不知道，昨晚你走了之後，維佳吐了三四回。」

邱維佳臉上掛不住了，甩甩手，「沒你們什麼事，該幹啥幹啥去。」

林東坐了下來，等邱維佳吃完飯，說道：「維佳，我估計過幾天就要回蘇城了，打算把超市這邊的事情全部交給你。你待會跟我去銀行，我開個戶頭給你，以後一應的花銷就從那個戶頭裏支出，先存三百萬進去。如果不夠，你再打電話給我。」

邱維佳咂巴著嘴巴，「東子，三百萬從你嘴裏說出來怎麼就那麼輕鬆？你這錢都是撿的吧，你就不怕我把你錢給吞了或是挪用了？」

林東笑道：「錢從哪兒來的就不用你操心了，反正都是合法所得。至於怕不怕你吞我的錢，嘿，咱倆認識多少年了，我還不瞭解你？用人不疑疑人不用，這道理我還是懂的。若是換了鬼子，那傢伙說不定敢吞我的錢。」

邱維佳哈哈一笑，放下飯碗，抹了抹嘴，兄弟對他的這份信任，讓他整個心窩子都是熱乎乎的，那感覺很自豪，很舒服。

林東開車帶他去了一趟縣城，到了那兒，本來銀行說已經關門結算了，但一聽林東要存三百萬，立馬破例開了門，直接將他倆請進了VIP大客戶室。邱維佳還第一次受到這樣的待遇，連銀行行長都親自過來和他們打了招呼，旁敲側擊的向林東介紹一些理財管道。後來聽說林東是在大城市做私募的，那行長打了個哈哈，和他們二人握了手就走了，他清楚他們行裏所能提供的理財服務對眼前的這個金主是沒有絲毫的吸引力的。

前後約莫一刻鐘的時間，所有手續就都辦好了。林東讓邱維佳開了個戶頭，然後把三百萬存進了邱維佳的戶頭上。二人從銀行出來，行長、副行長一直將二人送到了門外，突然飛來一筆巨額存款，讓他們行這個月的吸存壓力減輕了許多，所以整個銀行所有員工看著他倆的臉色都是笑盈盈的。

上了車，林東就開車往大廟子鎮去了。

路上，邱維佳興奮的說道：「林東，你的面子比咱鎮上一把手劉書記的面子還大，我記得有一次我和劉書記進了一家銀行，那銀行行長昂著頭，鼻孔朝天，說話陰陽怪氣的，咱劉書記倒顯得低聲下氣的。唉，有錢就是好啊！」

林東笑道：「維佳，這個社會就是這樣啊，人們的價值觀變了，變得只認錢，有錢就是大爺，就能為所欲為，就能顛倒黑白翻轉是非，就能翻手為雲覆手為雨。我們小時候所接受的教育是讓我們做一個對社會有用的人，一個道德高尚的人，但從如今的風氣來看，我們這輩人所接受的教育顯然是失敗的。正義、公平、誠信不再是人們評價一個人的標準，金錢成為衡量一個人是否成功的唯一標準，這不是社會的進步，這是倒退。在一個道德缺失的國家，真是處處都能見到令人寒心的事情。」

邱維佳搖頭苦笑，他從內心深處認同林東的說法，「東子，別憂國憂民的了。中國太大，人太多，咱們都只是滄海一粟，嚴於律已獨善其身吧，別多想了，做自己能做的，並把自己能做的做好，這就很了不起了。」

林東歎道：「是啊，在這個大浪潮就是如此的社會中，能不隨波逐流做好自己絕不是件簡單的事情。當然，我們也應該盡自己所能去宣導和宣揚一些正確的價值觀。」

邱維佳笑道：「能力越大責任越大，東子，你現在是企業家，除了賺錢，也應該考慮要為社會做一些貢獻。」

林東道：「這是肯定的，就拿這次回來吧，我看到咱們老家還是那麼窮，我心裏那個著急啊。所以我一直就在想怎麼才能為家鄉老百姓謀點福祉？先前我考慮過開工廠，招攬工人，解決一些老百姓的就業問題，後來我想到工廠會污染了咱們山清水秀的家鄉，就果斷的打消了這個念頭。」

邱維佳道：「你一定是有了新的想法，你是做大事的人，我想開個超市應該不是你的志向。」

林東點點頭，「還真讓你猜對了。我這次回來，家裏許多親戚都來找我，希望我能帶他們去蘇城，安排一份工作給他們。但是他們並不適合我的公司，為了不傷害親戚的臉面，我就想在鎮上搞個超市，反正超市需要不少人手，到時候都讓他們過來。不過有一點你記住，你是店長，他們都得聽你的，如果有不聽話的，別給我面子，該怎麼處理就怎麼處理。」

邱維佳道：「沒有規矩不能成方圓，我看這樣吧，開業之前我就把規章制度弄好，誰犯錯了就按制度來，該怎麼處罰就怎麼處罰。」

林東笑道：「嗯，這樣好，到時候他們也怨不得你。」

「對了，你還沒告訴我你還有什麼打算呢，不會就是上次你說的開度假村的那個專案吧？」邱維佳問道。

林東道：「對啊，就是度假村，我可以這麼跟你說，這專案一定火紅。」

邱維佳冷冷一笑，「東子，你可真得慎重，這專案可不是搞個超市，那要是虧了，可是能讓人傾家蕩產的。」

林東道：「以前我還真沒太大的把握，但當我發現了大廟的秘密，度假村的專案要我投多少錢我都投。」

「大廟的秘密？那破廟還能有啥秘密？」邱維佳不解的問道。

林東道：「你發現沒有，咱們大廟裏面的樹四季常青。」

邱維佳倒是從未注意到這一點，經林東那麼一說，他也發現了異常，「是啊，這也真是奇怪啊。」

林東笑道：「更奇怪的還不是這個，我可以告訴你，別看大廟破，但絕不簡單。」

邱維佳笑道：「好了，我也不多問了。只要你覺得行就去搞吧。」

林東道：「到時候度假村也得要多麻煩你替我打理。」

邱維佳慌忙擺手，「這不行，我打理個超市還行，再大的我真不行。你還是請個專業人士吧。」

林東道：「沒人比你更熟悉咱這地方了，我就算是派個博士過來，他空有一肚子理論，可咱這個地方他玩不轉有什麼用呢？所以還是你這個地頭蛇好使。你當做自己的事業幹，到時候我給你股份，每年都有分紅。」

邱維佳嘿嘿一笑，「既然兄弟都那麼說了，我再推脫就顯得不仗義了。好吧，到時候我先打理著，如果實在沒那個能力，你再另請高明。」

車開到了大廟子鎮上，林東一直把邱維佳送到他家門口，然後就開車回家去了。

王國善坐在家門口曬太陽，午飯的時間都過了，王東來還是賴在床上不起來。「東來，這都兩點了，快起來吃飯吧。」王國善扭頭朝王東來的房裏叫道，他已經不知道催了多少回了，嗓子都喊啞了。

王東來在床上翻了幾個滾，終於下了床。王國善聽到腳步聲，扭頭一看，感覺心臟一頓，差點沒被嚇死。王東來蓬頭垢面，面色蠟黃，兩隻眼睛紅腫的跟滴了血似的。

「東來，你這是怎麼啦？」王國善起身道，「快吃點東西，吃完飯爸帶你去衛生所瞧瞧。」

王東來道：「爸，我餓了，給我煮點肉吃。」

王國善點點頭，「有、有，鍋裏還有雞湯和雞肉，我下麵條給你吃。」

王東來坐在門口，摸出一根煙，自顧自的抽了起來。王國善則進了廚房忙活去了，過了十來分鐘，端了一大碗公噴香的雞湯麵走了過來。

「兒啊，麵好了，你快吃吧。」

王東來接過飯碗，狼吞虎嚥起來，好幾頓飯沒吃，可把他給餓壞了。王國善在一旁看得心疼，早知道失去柳枝兒會給兒子帶來那麼大的痛苦，當初他就不會去跟柳大海提這門親，可這世上沒有賣後悔藥的，王東來也只能在心裏唉聲歎氣。

「再來一碗。」

王東來把空碗遞了出去，王國善立馬又去給他盛了一碗。

王東來一口氣連吃了三大碗麵條，把飯碗往一丟，抹了一下油嘴，說道：「爸，你過來，我跟你說件事。」

王國善端著板凳坐到兒子的旁邊，笑問道：「東來，啥事，你說。」

王東來看著面前的馬路，陽光照在他的臉上，眼睛微微眯著，「告訴姓林的，我同意離婚。」

王國善聞言大喜，心中暢暢快快的鬆了口氣，「好，天下何處無芳草，沒了柳枝兒，爹再給你物色個好女人。」

王東來意興索然，搖搖頭，「拉倒吧，別瞎鬧了，我連個男人都算不上，要女人有啥用？」

王國善臉上的表情一僵，沉默了一會兒，說道：「兒子，沒事，等拿到了錢，咱去大醫院找有名的大夫診治，現在肝臟什麼都能移植了，你那毛病不是大問題，肯定能治好。」

是個男人都不能接受自己無法人事的事實，況且王東來器官都還完好，也不想斷子絕孫，也就點了點頭，歎口氣道：「是該好好治治，咱老王家不能無後啊。」

王國善很高興，起身拍拍屁股朝東邊羅恒良家走去。到了羅恒良家門口，瞧見羅恒良正在門框底下看書，笑道：「羅老師，看書呢。」

羅恒良抬起頭，見是王國善，心想他怎麼來了，雖然兩家是鄰居，但是卻很少走動，「王鎮長，有啥事嗎？」

王國善道：「那個……林東的電話你有嗎？」

羅恒良點點頭，「我有，你找他有啥事嗎？」

王國善笑道：「羅老師，我找他也沒啥事，就是他要我做的事情我辦妥了，你要是方便的話就把他電話號碼給我，我親自跟他說說，如果不方便的話，麻煩你給他去個電話，就說事情辦妥了，請他放心。」

羅恒良道：「不就個號碼嘛，有啥方便不方便的，你等著，我給你找去。」說完，起身去了裏屋，找到了電話簿，把林東的手機號碼抄在一張紙上，走出來給了王國善。

王國善把那張紙條揣進兜裏，連聲道謝，「羅老師，那我就不打擾了，你忙著，我回家去了。」

回到家裏，王國善就給林東打了個電話。

電話接通之後，林東一聽是王國善的聲音，就猜到事情應該是辦妥了。

「喂，林東嗎？我是王國善。」

林東笑道：「王鎮長，我是林東，你請講。」

王國善道：「東來的思想工作我做通了，你答應我的事情不要忘記。」

林東道：「這個請你放心，要不這樣吧，反正現在民政局已經上班了，咱們選日不如撞日，今天太晚了來不及了，那就明天，我開車帶著他們去縣城辦手續，完了我立馬把錢轉到你的賬上，你意下如何？」

王國善笑道：「這有啥不好的，那就明天吧，明兒我把銀行卡帶上，到時候你把錢轉給我。記住了，別忘帶錢噢！」

林東笑道：「王鎮長，你放一萬個心，我說話算數，不會不給你錢的。三十萬我一分都不少的給你。」

王國善反覆叮囑了幾遍，這才把電話掛了。

林東握著手機，感覺身體裏像是有股火燒了起來，全身熱乎乎的，似乎有使不完的勁兒。

林母看到兒子站在院子裏傻笑，走過來問道：「東子，什麼事這麼高興？」

林東笑道：「媽，枝兒脫離苦海了。」

林母明白兒子的意思後，心裏不禁蒙上了一層擔憂，柳枝兒離婚之後，兒子和柳枝兒的關係又該怎樣發展？如果沒有小高姑娘也就罷了，他和柳枝兒結婚她也是樂意的，畢竟柳枝兒是他們倆口子看著長大的，無論從哪方面說都是她心目中兒媳婦的最佳人選，可現在不同了，兒子有個女朋友，而且已經到了談婚論嫁的地步了。林母歎了口氣，轉身走開了。

林東知道母親心裏擔憂什麼，也知道說再多也解不開她心裏的鬱結，也就懶得說什麼，朝門外走去，他要把這個消息告訴柳枝兒。走到柳大海家門口，柳大海和孫桂芳都在家裏，見林東來了，倆口子熱情的過了火，又是遞煙又是送水。

「叔、嬸，枝兒在家嗎？我有事情告訴她。」林東說道。

孫桂芳歎道：「東子，昨兒猗子來家裏鬧了，枝兒昨兒晚上就病倒了，現在正在屋裏躺著，正發高燒呢。」

林東立馬站了起來，說道：「那我去看看她。」

柳大海倆口子巴不得林東進去看看柳枝兒呢，這樣就可以給他們創造單獨相處的機會，有助於增進感情。林東推門進了柳枝兒的房間，柳大海就和孫桂芳一起出了堂屋。

「枝兒……」

林東輕輕喚了一聲。

柳枝兒咳了幾聲，轉頭朝房門看去，「東子哥，你怎麼來了？」

柳枝兒病容憔悴，面色蒼白的毫無血色，秀髮散亂的披在肩上，扶住床邊不住的咳嗽。

林東走到窗前，握住了柳枝兒的手，再摸一摸她的頭，熱的燙人，「枝兒，吃藥了嗎？」

柳枝兒「嗯」了一聲，「吃了，只是沒什麼用。」

林東道：「穿衣服起來，我帶你去看醫生，吃藥不管用，咱們打吊瓶。」

柳枝兒搖搖頭，「我全身沒一點力氣，不想跑來跑去的。東子哥，你別擔心我，我睡一覺發發汗就好了。」

林東道：「王國善給我打電話了，枝兒，王東來同意和你離婚了。」

喜從天降，柳枝兒一時間激動的大腦短路，好半晌才張開口，「真……的？」

林東笑道：「當然是真的了，我難道會騙你不成？剛得到消息我就來找你了，要不然還不知道你生病了。我跟王國善約了明天帶你和王東來去辦離婚手續，如果你明天病還沒怎麼好的話，要不就延期去辦手續吧。」

柳枝兒雙臂撐著床，坐了起來，連忙說道：「東子哥，我感覺頭一點都不暈不燙了，我恨不得現在就去。不用延期，明天不管怎麼樣我都要去。」

林東把她摟在懷裏，「枝兒，我這次回家最大的心願終於就要完成了。趕明兒等手續辦完，我就帶你去蘇城。」

柳枝兒依偎在林東懷裏，「不管去哪裏，只要有你就行。」

林東鼻子發酸，這個曾經和現在一直深愛著的女人吃了太多的苦，可他終究沒有法子給她原屬於她的名分和幸福，心中滿是愧疚。除了柳枝兒，還有楊玲，他和楊玲之間除了男女關係，聯繫著兩人更多的還是感情，真實的感情。

林東陷入了深深的煩惱之中，這些個女人都是他所愛的，但是他只能娶一個，日後還要瞞著高倩在她們中間周旋，真怕自己稍有不慎而讓高倩發現他錯亂的男女關係。

高倩的脾氣林東是瞭解的，萬一被她知道了，那多半得鬧個天翻地覆。

從柳枝兒家裏出來之後，林東在往家走的路上一直在想，怎麼才能避免讓高倩知道柳枝兒的存在。柳枝兒性格懦弱，遠遠比不過強勢的高倩，即便是高倩對她做了什麼，她也只會忍氣吞聲。

「不行，不能把枝兒放在蘇城。」

林東掏出手機，給周雲平撥了個電話。

周雲平看到老闆給他打電話，以為林東回來了，笑問道：「老闆，你回來了？」

林東道：「還沒有，公司怎麼樣？」

「噢，公司是大年初七上班，現在公司就我一人，正在辦公室裏打掃呢。」周雲平笑道。

周雲平具備一個好秘書的所有能力，細心周到，處事滴水不漏，而且有應付各種人的能力，把事情交給他做，林東是很放心的。

「小周，我想請你幫個忙。」林東道。

周雲平連忙說道：「老闆，你吩咐就是，千萬別說請，我不敢當。」

林東道：「你幫我在溪州市好的地段買一套小戶型的房子，價錢不是問題，關鍵是社區環境要好，治安要好。」

周雲平心裏雖然很想問問林東買房子幹嘛，但他作為一個秘書，知道什麼該問什麼不該問，如果他有必要知道，老闆會主動告訴他的，「老闆，你是要現房還是期房？」

「現房。」林東道。

周雲平說道：「如果是現房的話，我估計就只能買二手房了。」

「二手房沒問題，但是房子不能太久，房齡最好在七年以內。」林東道。

周雲平道：「行，我明白了。這事我馬上去辦。」

「不要讓其他人知道。」林東吩咐了一句。

周雲平道：「老闆放心，我不是那種多嘴的人。」

掛了電話，周雲平心裏琢磨了一會兒，心想老闆不會是買房子藏嬌的吧？他咧嘴笑了笑，心想不該想的就別瞎想了。有一點他很明白，就是這件事很重要，否則老闆也不會人還沒回來就讓他去買房，更不會有那最後一句的叮囑。

「老闆，這事我得幫你辦的漂漂亮亮的。」

周雲平知道事情的輕重緩急，老闆既然還沒回來，辦公室也就不急著打掃，還是先去幫老闆物色物色房子。他鎖了辦公室的門，就離開了亨通大廈。

林東走後，柳大海和孫桂芳進了柳枝兒的屋裏。

柳大海還沒來得及開口問女兒剛才林東跟她說了什麼，柳枝兒就笑道：「媽，我餓了，你弄點東西給我吃。」

孫桂芳來到窗前，摸摸柳枝兒的額頭，好奇的問道：「枝兒，東子跟你說什麼了？幾句話就把你的溫度降下來了。」

柳枝兒笑道：「他說王東來同意和我離婚了。」

「好啊！」

柳大海一拍大腿，大聲叫好，「瘸子總算是死了心了，趕緊給枝兒弄點東西吃，孩子都兩頓沒吃了。」

孫桂芳抹了抹眼角，高興的眼淚都流下來了，她當初就不贊成把柳枝兒嫁給王東來那個瘸子，看到婚後柳枝兒經常被王東來打，心裏更是難受，現在好了，女兒馬上就要跟王東來沒關係了。

「枝兒，你等著，媽做你最愛喝的菠菜雞蛋湯去。」

孫桂芳笑呵呵的走出了女兒的房間。

柳大海走近了些，問道：「枝兒，東子有沒有跟你說些別的事情？」

柳枝兒躺在床上，眨巴了幾下眼睛，「什麼事？沒說別的啊。」

柳大海道：「你不是明天就要跟王瘸子離婚了嘛，爸的意思是說，東子有沒有跟你說說以後你們兩個的事情。」

柳枝兒明白了柳大海的意思，說道：「沒說。」

柳大海咂巴著嘴巴，成功和王東來離婚只算是往裏長征的第一步，他要的是女兒做林家的兒媳婦，「枝兒，那個事情你不能等他主動跟你講，你得主動問他，知道了嗎？為了你自己的幸福，你得主動開口去問。」

柳枝兒道：「爸，這事你別管了，我不會嫁給東子哥的。」

晴空霹靂，柳大海一時愣住了，「你……你剛才說什麼？」

柳枝兒坐了起來，目光堅定的道：「爸，我說我是不會嫁給東子哥的。」

「啪！」柳大海甩手朝柳枝兒的臉上抽了一下，這一下用力極大，柳枝兒的嘴角都見血了。柳大海氣喘吁吁，怒不可遏，「混賬東西，你是哪根筋犯病了？燒糊塗了吧？你不嫁給他，你離婚是為什麼？」

柳枝兒眼淚簌簌的落了下來，低聲的抽泣，「我就是不想跟王東來一塊過日子，能離婚我已經很滿足了，旁的我不敢多想。」

柳大海氣得臉色鐵青，「你倆從小一塊長大，你對他那麼好，他還能嫌棄你嫁過人了？」

柳枝兒含淚不語，只是搖頭。

「閨女啊，那你為啥犯糊塗呢？林東那小子現在多有錢啊，哪家的姑娘不想嫁給有錢的男人？況且他還是你喜歡的男人。」柳大海扼住火氣，開始苦口婆心的勸說女兒改變心意。

柳枝兒只是搖頭，根本不聽柳大海說什麼。

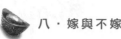

「枝兒啊，你看你爹媽都老了，根子還小，以後這一家人就得靠著你了。如果你能嫁給東子，咱家的日子以後就不用犯愁了，就連你弟弟也能有個好前程。你不為我和你媽想想，也為你最疼愛的弟弟想想啊。」柳大海唉聲歎氣道。

柳枝兒道：「爸，你放心吧，咱家的事情東子哥不會不管，至於根子，他一向都看作是親弟弟，所以東子的事情你也不用犯愁。你也別說太多了，反正我就是不能嫁給他。」

柳枝兒外柔內剛，心裏面決定了的事情，就不是一般人可以勸說的了的。

柳大海越聽這話越覺得奇怪，問道：「枝兒，你是不是有什麼難言之隱？」他想到女兒嫁給王東來一年多了都沒懷孕，心想難道是柳枝兒知道自己不能懷孩子，才堅決不嫁給林東？

「爸，你就別胡亂猜了。我累了，讓我歇會兒吧。」柳枝兒躺進了被窩裏，蒙住了腦袋。

柳大海忍住脾氣，若是以前，他能把柳枝兒從被窩裏拖出來打一頓，但他現在有了顧慮，所顧慮的就是林東，一旦被他知道自己打了柳枝兒，可能遭來那小子的反感，那樣可對他倆之間的關係不利。

柳大海一跺腳，走出了柳枝兒的房間，進了廚房。

孫桂芳見他臉色難看，笑問道：「大海，這麼個大喜的日子你拉個臉幹嘛？」

柳大海踢了一腳灶台，「老子快被你閨女氣死了，死丫頭剛才跟我說不和林東結婚，你說她這不是存心氣我嘛！」

孫桂芳臉色一變，「啊？不會吧？」

柳大海吼道：「她親口跟我說的，難道是跟我開玩笑不成！」

孫桂芳百思不得其解，心中納悶的很，「大海，枝兒為什麼呀？」

柳大海搖搖頭，「我估摸著是有什麼難言之隱。桂芳，我是她爸，有些話我不好說，待會你送飯去的時候好好跟枝兒聊聊，你們都是女人，說話方便。」

孫桂芳問道：「你什麼意思？」

柳大海歎了口氣，「唉，你說咱枝兒嫁給王瘸子已經一年多了吧，肚子一點動靜都沒有，你說奇不奇怪？」

孫桂芳弄明白了柳大海的意思，點點頭，「好，我待會好好跟她聊聊。」

湯做好了，孫桂芳盛了一大碗公，端著熱氣騰騰的大碗公進了柳枝兒的房間，笑道：「枝兒，菠菜雞蛋湯，你最愛吃的，趕緊趁熱吃。」

柳枝兒坐了起來，臉上還帶著淚痕，半邊臉微微有些腫，從孫桂芳手裏接過了飯碗。

「你爸打你了？」孫桂芳看到柳枝兒紅腫的半邊臉，心疼女兒，心中罵道：「柳大海你真不是個東西。」

柳枝兒擦掉臉上的淚痕，開始喝湯，只覺食而無味，被柳大海打了一巴掌，將她的食欲全打沒了。

孫桂芳坐在床頭，問道：「枝兒，你爸剛才跟我說你不想嫁給東子，跟媽說說，這到底是為什麼？」

柳枝兒道：「媽，你別問了，反正就是不能嫁給他。」

孫桂芳幾次話到嘴邊都沒說出口，猶豫再三還是開了口，「枝兒啊，媽問句不該問的，你和王瘸子結婚一年多，怎麼就沒懷上呢？是不是你……不能懷孕？」

柳枝兒臉一紅，搖了搖頭，「媽，你別問了，我沒問題。」

「那是為啥啊？你啥也不說，不是想急死你媽嗎！」孫桂芳愁眉不展，在柳枝兒面前唉聲歎氣。

「媽，我說了我的身體沒毛病，是王東來不行，他根本就不能……做那事。」

柳枝兒臉羞得通紅，最後那幾個字細若無聲。

孫桂芳沒聽清楚，問道：「不能啥？」

「不能行房。」柳枝兒低聲道。

孫桂芳面色訝然，繼而滿臉皆是喜色，摟住柳枝兒，「姑娘啊，那你現在還是黃花大閨女嘍？」

柳枝兒點點頭。

喜悅過後，孫桂芳心裏就更加迷惑了，既然如此，柳枝兒就跟沒結過婚沒兩樣，那她為什麼不肯嫁給林東呢？

「枝兒，你跟媽說說，是不是林東嫌棄你，結過婚不願意娶你做老婆？」孫桂芳問道。

柳枝兒搖搖頭，倔強的道：「媽，你別問了，也別瞎猜了。總之我不會嫁給東子哥。」

孫桂芳道：「好，你不說媽就不問了，我找林東問去。」

柳枝兒聞言大驚，手一抖，碗裏的漫灑了出來，淋在了被子上，驚叫道：「媽，你千萬別去問東子哥。」

孫桂芳看著柳枝兒驚恐的表情，心中愈發的不明白女兒為什麼要那麼做，「枝兒啊，你爹現在不在這兒，你有什麼話別憋在心裏，跟媽說說，媽向你保證不告訴你爸。」

柳枝兒鬆開了母親的胳膊，搖搖頭，「媽，東子哥已經很辛苦了，咱們不能再給他添麻煩了。媽，我能不能嫁給他並不重要，我在意的是他心裏是否有我，只要心裏有我就足夠了。」

孫桂芳低聲問道：「枝兒，你跟媽說實話，是不是東子在外面有女人了？」

柳枝兒猛然抬起頭，拚命的搖頭，「不是、不是……」

孫桂芳歎了口氣，柳枝兒不善撒謊，從女兒的表情中她已找到了答案，看來不幸被她言中了，林東的確在外面有女人了，但轉念一想，柳枝兒嫁給王東來已經一年多了，是他們家悔婚在先，林東有了對象也是應當的。

「這事怪不得人家，枝兒，你真的打算就這樣沒名沒分的跟他一輩子？」孫桂芳問道。

柳枝兒堅定的點點頭。

孫桂芳抱住柳枝兒的頭，娘倆摟在一起哭了一場。

哭過之後，孫桂芳對柳枝兒道：「孩子，往下的路並不好走啊，你可要考慮清楚了。」

柳枝兒道：「媽，我早就考慮好了，只要能做他的女人，就算是沒名沒分，我也樂意。」

第九章 離婚

王東來道：「我知道一開始你嫁給我的時候是想跟我好好過日子的，是我不珍惜，總是打你罵你，我想問你一個問題，如果你嫁給我之後，我對你很好，你會不會離開我？」

柳枝兒沉默了良久，「時光是回不去的，過去的事情就沒有如果。」

王東來哈哈一笑，「是啊，時光一去不復返，往事只能回味，不能重來。枝兒，希望你日後過的好。」

孫桂芳拿著飯碗出了柳枝兒的房間，走進廚房，見柳大海正在焦急的來回踱步。

「桂芳，怎麼樣，問出來沒有？」柳大海急問道。

孫桂芳道：「問了，她死活就是不肯說，我也問不出什麼來。」

柳大海臉色一冷，一跺腳，怒道：「還由得了她，我去問，不說我打死她。」

孫桂芳拉住了他，「大海，你千萬不能那麼做，枝兒明天就要去辦離婚手續了，你把她打得渾身是傷，被王家人瞧見了笑話，還有東子那邊也不好交代。」

柳大海怒道：「我打我的閨女，還關他們什麼事了？」

孫桂芳把他死死拉住，她清楚柳大海的脾氣，一生氣就犯渾，但脾氣來得快去得快，只要過了這當口，他自然不會去打柳枝兒。

「大海，你先坐下，我給你分析分析。」孫桂芳把柳大海摁在了板凳上，柳大海氣得呼呼出氣。

孫桂芳道：「閨女你不能打，東子已經答應帶她去蘇城了，這當口你要是把枝兒給打了，恐怕東子會覺得你沒把他放在眼裏，到時候不利於咱兩家的關係啊。」

「東子說帶枝兒去蘇城了？」柳大海問道。

孫桂芳點點頭，「這事我還能騙你不成，是枝兒親口跟我說的。」

柳大海一拍大腿，「這是好事，等到了蘇城，他倆在一塊兒相處，感情會發展得很快的。只是我一直奇怪，為什麼枝兒說不要嫁給東子？她一直都想嫁給那小子，為什麼現在突然說不嫁了？」

孫桂芳道：「大海，這事你就別管了。兒孫自有兒孫福，只要他倆有緣分，那麼肯定會在一起的。」

柳大海點點頭，「你說的有理，枝兒和東子肯定是有緣分的，不然不會東子一回來，就把王瘸子和枝兒的婚姻給拆了。」

孫桂芳心道：「如果不是你當初非得悔婚，現在女兒早和林東是一對兒了，說不定我都抱上外孫了，枝兒也就不會受那麼多苦了。」

柳大海起身朝柳枝兒房間走去，孫桂芳忙追上來問道：「大海，道理不都跟你說了嘛，你還去幹嘛？」

柳大海道：「放心，我不是去打她的，我是去看看閨女的，剛才我打了她一巴掌，下手沒輕沒重的，也不知道把枝兒打的怎樣了。」

孫桂芳放下心來，「你去吧，跟女兒道個歉。」

柳大海進了柳枝兒的房間，見柳枝兒頭蒙在被窩裏，輕聲道：「枝兒，爸剛才那下子沒把你怎麼著吧？」

柳枝兒道：「沒事，挨你打慣了，挨得住。」

柳大海笑道：「哎呀枝兒，生爸的氣啦，爸也是為你著急嘛，你千萬別生你爸的氣。聽說你就快要和東子去蘇城了，爸有幾句話要跟你說。」

「有什麼話你就說吧，我聽著呢。」柳枝兒道。

柳大海說道：「大城市人多而且很雜，什麼牛鬼蛇神都有，你要小心壞人。你在那兒無親無故，所以要聽東子的話，不要惹他生氣。他上班很辛苦，你就在家為他弄些湯湯水水，讓他回家能有個可口的飯菜吃。男人嘛，在外面很累，回家就圖有個溫暖的窩。閨女，你要學著做個賢妻良母。好了，爸說完了，你睡吧，我出去了。」

柳大海朝床上看了一眼，歎了口氣，轉身出了柳枝兒的房間。

柳枝兒躺在床上無聲的哭泣，淚水沾濕了枕巾，她不是不明白父親的意思，可她更瞭解林東夾在兩個女人中間的痛苦，實在是不想再給林東增加負擔了，所以只好委屈了自己。

大年初七，林東一早起來，發現柳林莊已是白皚皚的一片，到處都積滿了厚厚的一層雪。這大雪還在紛紛揚揚的下著，頑皮的孩童穿著厚厚的棉衣，穿梭奔跑在雪地裏，有的抱在雪地裏扭打翻滾，有的拿著雪球追逐嬉鬧。

林東家的房頂和院子裏積了一層厚厚的雪，他醒來之時，林父已經在院子裏掃雪了。

「爸，你歇著吧，讓我來。」林東帶上手套，朝林父走去。

林父哈出一口白氣，額頭上已滲出一粒粒汗珠，把手裏的鐵鍬遞給了兒子，「你正好活動活動，在這種天氣裏，沒有比出一身汗更舒服的了。」

林東哈哈笑道：「是啊，現在城裏流行一句話，叫請人吃飯不如請人出汗。都市人缺乏運動是普遍現象，我也難得出回汗。」

林父手裏空了下來，點了根煙，聽兒子說城裏的故事，連連搖頭，只覺不可思議，「想出汗還不簡單，多跑跑多動動，那汗不就來了嘛。」

林東呵呵一笑，賣力的鏟地上的積雪，把院子裏的雪堆成一堆，然後用家裏的獨輪車往外推，倒在門口的空地上。

快幹完活的時候，已經是八點多鐘了，林母做好了早飯，走到廚房門口，說道：「你們爺倆洗洗手，吃飯吧。」

林東笑道：「媽，我把最後這一點點做完就去吃飯，你們別等我，先吃吧。」

把手上的工作做完，林東出了一身的汗，渾身上下熱烘烘的，把外面的棉襖脫了下來，只穿著毛衣進了廚房。

「東子，把棉襖穿上，小心著涼。」林母叮囑道。

林東道：「媽，我實在是有點熱，吃完飯我再把衣服穿上。」

「不行，多大的人了，還不知道出汗了不能脫衣服嗎？趕緊穿上，不然不給飯吃。」林母板著臉道。

林東笑了笑，只好乖乖穿上了棉襖，吃過了早飯，就開車往柳大海家去了。

柳枝兒的高燒已經好了很多，雖然看上去臉色還有些蒼白，但氣色要比昨天好很多，此刻正穿著新衣服站在門框下，焦急的等待林東的到來。她已經等了有兩個小時了。

冷風直往門裏鑽，柳枝兒正站在風口處，手插在棉襖的口袋裏，縮著脖子，凍得全身發抖，但心卻是火熱的。

孫桂芳在旁邊勸道：「我說枝兒，你還生著病呢，別站在風口了，趕緊回屋去，屋裏我給你生了火盆，可暖和了。」

柳枝兒笑道：「媽，你就別忙了，說不定東子哥就要到了，我再等等。」

孫桂芳已經勸過她不知道多少次了，可她這個閨女外柔內剛，打定了主意的事情就不會回頭，任她如何苦口婆心的勸說，就是無動於衷。孫桂芳搖搖頭，進了廚房，把熬的薑湯盛了一碗出來，端到了柳枝兒的面前。

「閨女，把薑湯喝了，能暖身子，對你的病也有好處。」

柳枝兒從母親手裏接過湯碗，一口氣把一碗薑湯全部喝了下去，薑湯的味道辛辣刺鼻，喝下去之後只覺全身像是被火烤似的，熱氣騰騰，張著嘴巴，一口一口熱氣呼了出來。

「好辣好辣……」

柳根子從外面回來了，熱得滿頭大汗，一進門口就叫道：「媽，你給我姐什麼好喝的了？我也要喝。」

孫桂芳道：「薑湯，鍋裏還有，你要喝嗎？」

柳根子伸伸舌頭，「我才不要喝呢，難喝的要死。」他見柳枝兒穿著新衣服，問道：「姐，你是要出門嗎？」

柳枝兒點點頭。

「去哪兒？」柳根子湊過來問道。

柳枝兒道：「不關你的事，自己玩去。」

柳根子晃著柳枝兒的手臂，「姐，你快告訴我嘛，不然我不讓你出門。」

「我去縣城。」柳枝兒拗不過他，只好告訴了柳根子她要去縣城。

柳根子大喜，叫道：「媽，快給我換衣服，我要跟姐姐一起去縣城。」

孫桂芳把柳根子拉了過來，嗔道：「你別搗亂，你姐姐去縣城不是去玩的，是有要緊事要去辦的。」

「不嘛不嘛，我要去縣城，我要去吃西餐。」柳根子纏著孫桂芳，嘴裏嚷嚷個不停。

這時，柳大海從房裏走了出來，板著臉，「誰要去縣城啊？」

柳根子知道他爹素來最疼他，也知道姐姐最聽他爹的話，就跑過去抱著柳大海的手臂，「爸，姐姐要去蘇城，你快跟她說說，讓她帶我一塊去。」

柳大海大聲呵斥道：「這次不行，你乖乖在家，不許胡鬧。」

柳根子就是家裏的小皇帝，平常說一不二，要什麼就得給什麼，今天最疼他的爹媽都不准他去縣城，當場就來了脾氣，「讓姐姐去，為什麼不讓我去？你們說啊！」

柳大海大眼珠子一瞪，「反了你，還敢質問起你老子來。好久沒嘗嘗我鞋底的滋味，皮癢了是吧？」柳大海假意彎腰去脫鞋子，意在嚇唬嚇唬柳根子，他老來得子，就這麼一個寶貝兒子，是如何也捨不得打的。

這家裏柳根子最怕的就是他爸柳大海，這個暴君犯起渾來，天王老子也敢罵，還有什麼事情不敢做的。他見柳大海動怒了，還要拿鞋底揍他，嚇得哭了，躲到了孫桂芳的身後。

「媽，快救我，爸要打我。」

孫桂芳朝柳大海使了個眼色，告訴柳大海嚇唬嚇唬孩子就行了，不要真打。

這時，林東的車子開到了柳大海家門口，柳枝兒飛一般的朝門外跑去，等柳根子反應過來，車子已經出了村。柳根子站在院子外面的路上，眼淚吧嗒吧嗒的往下掉，心裏委屈極了，心裏以為最疼他的姐姐不再疼他了。

雪還在漫天的飄，風嘶吼著吹過村莊，樹枝上的積雪不時的落下，樹上的寒鴉從一個枝頭換到另一個枝頭，發出孤獨的叫聲。

「根子，回家了，外面下大雪了。」孫桂芳跑過來，可柳根子就是站在那兒一動不動。

柳大海大邁步從屋裏走了出來，到了近前，把柳枝兒往胳肢窩一夾，強行帶回了屋裏。

「就坐在家給我看電視，再不老實，打得你皮開肉綻。」柳大海裝出一副惡狠狠的模樣，倒也唬住了他，柳根子老老實實的坐在那兒，想哭不敢，想鬧更不敢。

孫桂芳見柳大海從房裏出來，低聲對他道：「大海，還是你有本事，根子真的不敢鬧了。」

柳大海臉上露出一絲笑容，「慈母多敗兒，你要記住，不能太隨他性子。」

孫桂芳心裏一笑，心道你這傢伙平時比我還寵他，誇你兩句就尾巴翹上天了。

林東開車帶著柳枝兒往鎮上去了，雪天路滑，他開得極慢，到了王東來家門前，足足用了一個小時。

王國善早就在門口翹首企盼了，見林東的車子來了，急忙對王東來道：「東來，收拾一下，準備出發了。」

王東來還躺在裏屋的床上，眼神呆滯的望著房頂，「有什麼好收拾的，離婚可比結婚簡單多了。」

到了王東來的家門前，柳枝兒顯得局促不安起來，原本就蒼白的臉色因緊張而顯得更加蒼白了。

林東握住她的手，柔聲道：「枝兒，你別害怕，有我陪著你呢。你在車上等我一會兒，我去叫王家父子過來。」

柳枝兒咬著嘴唇，點了點頭。

林東下車之後，冒著大雪朝王家跑去。

王國善把他迎進家門，倒了一杯熱水給他，「林東，天太冷，喝口熱茶吧。」

林東道：「辦正事要緊，今天雪太大，路上開不快，咱們還是儘早出發吧。」

王國善朝裏屋叫道：「東來，好了沒？」

王東來從床上坐了起來，「好了，走。」

從房裏出來，王東來蓬頭垢面，兩眼通紅，看著林東的眼神似乎要殺人似的。

林東瞧了王東來一眼，說道：「上車吧。」說完，率先走出了門，王東來一瘸一拐的跟在他後面，王國善把門鎖了，跟在王東來的後面。雪天地滑，王東來腿腳不便，摔了一跤，啃了一嘴的髒雪。

這可嚇壞了王國善，王國善慌忙跑上前去，把王東來攙扶起來，關切的問道：「東來，沒事吧？」一邊說著，一邊把王東來身上沾的雪撣掉。

林東看到這一幕，心底驀地一酸，不管王家父子對柳枝兒有多麼的不好，這份父子之情卻是令人感動的。

等到了車上，王東來把手裏提著的一個大袋子遞給了柳枝兒，說道：「袋子裏面是你留在我家的衣服，你以後就不回來了，物歸原主。」

柳枝兒看著王東來，低聲說了一句：「謝謝。」

王東來什麼也沒說，只是笑了笑。

林東發動了車子，在積了一層厚厚的雪的路面上緩緩加速。王家父子坐在後座上，王東來一直瞧著窗外，若有所思的樣子，也不知道他心裏此時此刻在想些什麼。王國善則一臉緊張的看著兒子，這兩天他明顯感覺到了王東來的變化，在家裏不吵不鬧，該吃飯的時候吃飯，該睡覺的時候睡覺，他也說不出來那變化是好還是壞，只是為兒子隱隱擔心。

將近十一點的時候才到了民政局的門口，林東和王國善站在外面，柳枝兒和王東來進去了。

剛過完年，結婚和離婚的人都非常少，進去不久，兩人就出來了。林東看到柳枝兒手裏的紅本子換成了綠本子，心裏懸著的大石至此才算是真正落了地。

「枝兒，我和王鎮長去辦點事，你在這等我一會兒。」林東笑道，王國善早已等不及了。

柳枝兒點點頭，「你們去吧，我就在這裏等你。」

林東和王國善走後，王東來道：「枝兒，咱倆總算是夫妻一場，現在都離婚了，你就沒有一點話想對我說嗎？」

柳枝兒道：「東來，以後不要好賭貪杯，好好學個手藝。」

王東來歎了口氣，笑道：「你終究還是關心我的，你放心吧，這兩天我想了很多，我知道一開始你嫁給我的時候，是想跟我好好過日子的，是我不珍惜，總是打你罵你。枝兒，我想問你一個問題，如果你嫁給我之後，我對你很好，你會不會離開我？」

柳枝兒沉默了良久，烏黑的秀髮上落了一層白雪，令他看上去有些滄桑。

「時光是回不去的，過去的事情就沒有如果。」

王東來哈哈一笑，「是啊，時光一去不復返，往事只能回味，不能重來。枝兒，希望你日後過的好。」

民政局不遠處就有家郵政儲蓄所，林東和王國善進去不久就辦好了事情。按照事先的約定，只要王國善勸說王東來和柳枝兒離了婚，林東就會給王家父子三十萬。現在柳枝兒已經和王東來離婚了，林東兌現了自己的承諾。

王國善拿到了錢，他這輩子也沒見過那麼多的錢，在心裏算了一筆賬，他把柳枝兒娶回家做兒媳婦，前後總共花了不到兩萬塊，而現在他卻得到了三十萬。這絕對是一筆划算的生意，心想有了這筆錢，給王東來再娶幾房媳婦都夠了。

二人回到了民政局停車的地方，王東來朝林東走了過來，擦肩而過的時候轉頭低聲對林東說了一句話。

王東來走到王國善面前，「爸，咱自己搭車回去吧。」

王國善點點頭，「行，時間不早了，爸帶你去館子裏吃一頓，然後再回家。」

「不了，我不想在外面吃，咱們還是回家吃吧。」

父子二人相互攙扶著走遠了。

柳枝兒走到林東身邊，問道：「東子哥，我剛才瞧見王東來小聲的對你說了一句話，他說什麼了？」

林東看著王家父子漸漸消失在風雪中的背影，說道：「他說讓我好好照顧你。」

柳枝兒默然不語，心中許了個願，希望王東來以後能過的好一點。

林東拉開了車門，笑道：「枝兒，上車吧，今天是個值得慶祝的日子，我帶你去市裏吃一頓好的。」

柳枝兒的心情總的來說還是非常不錯的，她在今天揮別了為期一年多的灰暗的生活，從此人生的篇章翻到了嶄新的一頁，心想應該以積極的心態面對未來，於是便蹦蹦噠噠的上了車。

林東開車到了市裏，找了一家酒樓，在酒樓門前的空地上停了車。酒樓的大堂經理眼尖，瞧見來了一輛豪車，立馬站在門口躬身等候。等到林東和柳枝兒進了門，瞧見二人身上有落雪，立馬獻殷勤的為二人撣去積雪。

「你好，有包間嗎？」林東問道。

大堂經理笑道：「二位請隨我來。」說完，走在前面引路。

柳枝兒拉了拉林東的袖子，低聲道：「東子哥，就咱們兩個要包間幹嘛？那多費錢啊。」

林東笑道：「沒事，花不了多少錢，外面太嘈雜，包間環境好。」

大堂經理把他倆帶進了包廳，笑問道：「先生你好，是否還有別的客人？」

林東道：「沒了，就我們兩個。」

大堂經理在心裏嘀咕道：「果然是有錢人，兩個人也要包間，有錢沒地方花啊！」面上卻笑道：「是否現在點菜呢？」

林東點點頭，「不點了，你揀你們酒店的特色菜給我們上幾個。」

大堂經理點點頭，「明白了，那我先告退，二位稍坐。」

林東拉著柳枝兒的手，把她拉到了包廳一邊的休息區，二人在沙發上坐了下來，馬上就有服務員送上了茶水。

「我們自己來。」林東笑著對服務員道，那服務員也是個聰明人，聽懂了林東的意思，點了點頭就退了出去。

包間裏只剩下林東和柳枝兒兩個人，柳枝兒從未進過這麼好的酒店吃飯，坐在沙發上總覺得不自在，連手都不知道放在哪裏是好。

「枝兒，家裏的事情我也處理的差不多了，你回去準備一下。如果沒有其他情況發生的話，我想就這兩天我就可能動身回蘇城了。」

柳枝兒道：「東子哥，我想找點事情做做，不能靠著你養活，可我什麼都不會做，不知道能不能找到工作。」

林東笑道：「說的什麼傻話，你出去能掙幾個錢，到時候我把你安頓下來之後，你就好好的玩，先別想著工作的事情，等哪天玩膩了，我幫你安排。」

柳枝兒搖搖頭，「不，我要自己找，我們鄉下人不怕苦不怕累不怕髒，我想我總能找到工作的。靠自己的雙手吃飯，那樣才能吃得香、睡得好。」

林東好奇的問道：「枝兒，我一直以為你是個乖乖聽話的女孩，沒看出你骨子裏還有那麼多的獨立思想，就憑這一點，你就比許多靠男人吃軟飯的女人強。」

柳枝兒聽到林東誇她，興奮的說道：「東子哥，照這麼說，你是同意我出去工作嘍？」

「同意，不過靠你自己肯定找不到好工作，你心機單純，很可能被外面的壞人利用，工作的事情你就別操心了，我替你安排。」林東道。

柳枝兒本想拒絕，但一想到了蘇城之後，林東肯定是沒法每時每刻都陪著她的，到時候她可以自己出去找。

柳枝兒習慣了酒樓的環境之後，開始滔滔不絕的向林東講起她對未來生活的嚮往。

「東子哥，未來幾年之內，我要自己賺錢買一套房子，到時候把我爸媽和根子都接過來跟我過，讓他們也變成城裏人。」

林東面上笑了笑，心中其實卻並沒有把柳枝兒的話當真，心想這只是個未經世事的小姑娘，哪知道外面的錢有多麼難賺，她要是知道蘇城動輒兩三萬一平米的房價，恐怕就不會那麼說了。可他卻沒有想到，在兩年之後，柳枝兒做到了，那時誰也難以想像，兩年前她只是個沒出過市的農村姑娘。

過了一會兒，大堂經理親自領著一隊服務員送上來十幾道菜，並且一一為林東二人介紹。林東聽著很滿意，不住的點頭，而柳枝兒則是咬著牙，恨恨的看著眼前這個臉上總是掛著抹不去的笑容的經理，心想這傢伙不是好人，明明知道他們只有兩個人，竟然弄了一桌子菜過來，這不是明擺著宰他們嗎！

「二位慢慢用餐，有什麼要求請吩咐，我一直在外面的大堂裏。」

大堂經理說完就躬身退了出去。

等房間裏就剩下他們兩人之後，柳枝兒氣鼓鼓的開口道：「哼，東子哥，那個經理不是好人，存心坑你的錢，你看看嘛，就咱們兩個，怎麼吃得完這些菜嘛！」

林東笑道：「枝兒，你錯了。你別小看了那經理，他可是個聰明人，我們進來時我就跟他說了幾句話，他就把我的心思摸透了，所以這桌菜我是很滿意的。」

柳枝兒瞪大眼看著林東，很是不解，「東子哥，你的意思是說，這桌子菜是你要的？」

林東點點頭，「可以那麼說，今天是個值得慶祝的日子，浪費就浪費一回吧。枝兒，我要那麼多菜，就是為了你能吃的開心，如果你不開心，那我的心思就白費了，所以你要開心起來，不要總想著這桌菜吃不完和浪費了多少錢。你什麼都不要想，就看這菜好不好吃。」

柳枝兒心裏還是覺得太過浪費了，不過她知道了林東是為了她才要了那麼多菜之後，心中的喜悅漸漸佔據了上風，臉上漸漸浮現出了笑容。

吃到一半，林東才想起來少了什麼，問道：「枝兒，喝點酒嗎？」

柳枝兒搖搖頭，「不行，東子哥，我喝不了酒，喝一口就會醉。」

林東笑道：「咱不喝白酒，喝紅酒，酒精度低。」

柳枝兒笑道：「我還沒喝過紅酒呢，今天開心，那就喝一點吧，如果不好喝，我就不喝了。」

林東把站在門口的服務員叫了進來，問了問有什麼紅酒，然後選了一款酒勁綿柔的。服務員把酒拿了進來，開瓶幫他們倒上之後又出去了。

林東舉起酒杯，笑道：「枝兒，祝賀你重獲自由。」

柳枝兒端起杯與林東碰了一下，覺得紅酒挺像葡萄汁的，於是便喝了一口，誰知竟是那麼的辛辣苦澀，硬著頭皮好不容易才把酒咽下去，放下酒杯，連連夾了幾筷子菜，嘴裏的酒味才淡了些，「東子哥，你害死我了，不喝了，你自己喝吧。」

林東笑道：「枝兒，你別抗拒，紅酒的味道其實很不錯的，剛開始喝的時候是會覺得有點難喝，習慣了之後你就會發現它的好了，不信你再多嘗嘗。」

柳枝兒吃一塹長一智，對林東的話將信將疑，端起酒杯放到鼻子下面聞了聞，冒出來的酒氣還是那麼難聞，真是想不明白為什麼那麼難喝的東西會賣那麼貴，更是想不通為什麼那麼多人肯花那麼多的錢，買這麼難喝的酒喝。

「別抗拒，試一試。」林東柔聲道。

柳枝兒閉上眼喝了一口，眉眼都皺到了一塊兒，痛苦萬分的咽了下去，張開嘴直往外呼氣。

「怎麼樣，感覺好些了嗎？」林東笑問道。

柳枝兒連連搖頭，「你騙人，還是那麼難喝。」

林東夾了一口菜給她，「你多試幾次，我剛開始的時候也和你一樣覺得難以下嚥，太難喝了，但是為了應酬不得不喝，現在我已經喝不出苦味了，反而覺得紅酒的味道很好。」林東說的是真話，沒有騙她。

柳枝兒對林東最信任了，於是端起杯子又喝了一口，這下似乎真的覺得味道不是那麼難喝了，其實是因為她的味蕾漸漸適應了紅酒的味道。柳大海倆口子都是善飲之人，柳枝兒從他們身上遺傳了良好的基因，一杯酒喝完，竟只是覺得微微有些頭暈，並沒有發生她想像中的嘔吐現象。

「東子哥，我的臉好燙啊。」柳枝兒面色緋紅，在酒精的作用下，掩飾住了蒼白的臉色，壓根瞧不出她還在生著病的跡象。

林東道：「枝兒，你多吃些菜，不要喝了。」

柳枝兒喝得有些多了，笑道：「不行，今天高興，我還想喝。」

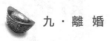

林東道：「枝兒，聽話，別喝了，快吃菜，不然都涼了。」

林東的話對她很管用，即便是在微醉的情況下，柳枝兒仍是聽他的，放下了酒杯，拿起了筷子。

下午兩點，二人從包間裏走了出來，身後跟著兩名服務員，手裏提著柳枝兒要求打包的菜。大堂經理一直把林東送到門外，柳枝兒走路歪歪扭扭的，林東扶著她，把她扶進了車裏，繫好了安全帶，然後才坐到了駕駛位上。

林東開車離開了酒店，過了一會兒，柳枝兒清醒了些，說道：「東子哥，我不肯帶根子出來，他肯定在心裏恨我，你帶我去農工商超市吧，我給他買點肯德基帶回去，他喜歡吃那個。」

林東笑道：「枝兒，你對根子太好了，可不能太溺愛他。」

柳枝兒頭歪在一邊，半邊臉貼在車窗上，燥熱的臉龐貼在冰冷的玻璃上，可以讓她感覺舒服些，「我很快就要跟你去蘇城了，就不能經常見到根子了，趁我還在家的時候，再寵寵他。」

林東道：「根子有你這個姐姐真是他的福氣。好吧，我帶你去農工商。」

柳枝兒閉著眼睛，呢喃自語道：「等我攢夠了錢，我把根子帶到城裏去念書。那兒的條件好，根子那麼聰明，肯定可以考上大學，考上大學……」

第十章 度假村的計劃

林東心中狂喜，那大廟對他而言簡直就是一座金礦，道：

「嚴書記，多少錢，你開個價。」

嚴慶楠微微一笑，「廟宇是大家的，所以不能賣給你，但是我可以把開發權承保給你，在承包期限之內，隨你如何經營。」

林東微微有些失望，心想一定是他的目的太明顯了，才讓嚴慶楠瞧出了破綻。

林東往前開了不遠就看到了一家肯德基，身邊的柳枝兒因為不勝酒力已經睡著了，他輕輕的下了車，跑到肯德基裏要了一份全家桶，然後迅速的跑回車裏，開著車往大廟子鎮去了。

一路上看到好幾輛車因為打滑而撞到了路旁的樹上，林東不敢開快，不急不躁的往大廟子鎮的方向去了。過了兩個鐘頭，他才開車到了鎮上，接下來往柳林莊去的路更難開。

這時，柳枝兒醒了酒，睜開了眼睛看了看四周，才發現已經快到家了，猛然想起一事，問道：「東子哥，肯德基買了嗎？」

林東笑道：「買了，你放心吧，看你睡的香，我就沒喊醒你，路上路過一家肯德基店，我進去買了一份全家桶。」

柳枝兒鬆了口氣，「幸好你買了，否則回到家，根子肯定對我不依不饒的。」

林東笑了笑，問道：「枝兒，好些了嗎？」

柳枝兒點點頭，「嗯，臉不發燙了，腦袋也不發暈了。說來也奇怪，喝了杯紅酒，好像我的感冒都好了。」

林東道：「酒喝多了是傷身，但少喝一點的話，對身體還是很有好處的，不僅有助於睡眠，而且還能促進血液循環。」

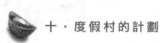

到了柳林莊時已經是下午五點多了，車開到柳大海家門口停了下來，柳根子在屋裏聽到了汽車的聲音，飛一般的從屋裏跑了出來，看到柳枝兒下了車，問道：「姐，有沒有給我帶東西？」

柳枝兒把全家桶從車裏拿了出來，「根子，看，這是什麼？」

柳根子上前把全家桶抱在懷裏，高興的跳了起來，「姐，你對我真是太好了！」柳根子嘴裏塞了一根雞腿，手上還拿著一根雞翅，一臉滿足的表情，哪還看得出對他姐姐不帶他去城裏的恨。

柳枝兒拿著自己的東西回了家，林東開車往自己的家去了。到了家裏不久，接到了顧小雨的電話。嚴慶楠上班之後，顧小雨就跟她提起了她這個同學，並且告訴嚴慶楠林東有在大廟子鎮建度假村的打算。

懷城這個地方貧窮落後，招商引資十分困難，因而多年以來經濟一直沒什麼發展，年年被列入貧困縣的名單。嚴慶楠聽說有人想在懷城縣投資，當時就來了興趣，和顧小雨聊了很久，想要全面的瞭解了一下林東這個人。

從顧小雨的話中，嚴慶楠的腦子裏對林東形成了一個模糊的印象，一個跳出農門的大學生，也是一個成功的企業家，還是一個對家鄉具有濃厚感情的好後生。不過嚴慶楠擔憂的是林東的實力，畢竟林東和顧小雨是同學，剛剛大學畢業兩年，嚴慶楠嚴重懷疑林東的經濟實力。

嚴慶楠當時就問顧小雨：「小顧，你這個同學可靠嗎？」

顧小雨一口答道：「嚴書記，我和他是三年的同學，很瞭解他，絕對是個可靠之人，這點請您放心。」

嚴慶楠心中還是大有疑惑，「小顧，他又不是富商的兒子，剛剛大學畢業兩年，他能拿出來多少錢？」

顧小雨道：「嚴書記，我那個同學不僅有一個投資公司，而且還是一家上市的地產公司的董事長，我相信他的經濟實力沒問題。」

嚴慶楠一聽這話，稍稍定了心，「好吧，你幫我約他吃個飯，我和他好好聊聊。」

顧小雨在下班之後就給林東打了電話，問道：「林東，你還在老家嗎？」

林東答道：「是啊班長，我還在家裏。」

顧小雨道：「嚴書記回來了，想約你吃個飯，怎麼樣，賞個臉吧？」

林東笑道：「嚴書記太客氣了，父母官召喚，我肯定是要去的。什麼時候？」

顧小雨道：「明天中午，還是上次的那個招待所。」

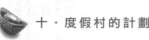

林東笑道：「好，那明天中午見。」

掛了電話，林東就下了車。

林母把他拉進了房間，問道：「枝兒的事情怎麼樣了？」

林東道：「已經離了。」

林母問道：「東子，你考慮好了，真的要帶枝兒去蘇城？」

林東點點頭。

林母歎了口氣，轉身離開了他的房間。她知道無法勸兒子改變主意，心裏不禁為兒子深深的擔憂起來。

柳枝兒到了家，柳大海和孫桂芳就都圍了過來，問這問那的。

「枝兒，王東來怎麼就同意跟你離婚的呢？」柳大海問道。

柳枝兒道：「辦好離婚手續之後，東子哥和王國善好像是去銀行了，我猜是東子哥給他們錢了。」

柳大海一拍大腿，咬牙切齒道：「我就知道王家父子沒那麼好心，原來是得了錢了，哼！」

柳枝兒把中午吃剩的飯菜放了下來，孫桂芳問道：「枝兒，哪來那麼多的菜呢？」

柳枝兒笑道：「東子哥說今天是個值得慶祝的日子，所以就帶我去酒樓吃飯了，然後要了一桌子菜，我們兩個能吃多少啊，所以都剩了下來。這菜可都是好菜，可好吃了，我捨不得浪費，所以就都打包帶回來了。」

柳大海有些不悅，「枝兒，記住，你以後跟了林東就是有錢人了，有錢人是不打包的。」

柳枝兒裝作沒聽見，繼續跟孫桂芳聊。

柳大海大聲道：「枝兒，我跟你說話呢，你和林東的事情到底怎麼說的？你得問問他是什麼打算！」

柳枝兒道：「爸，我昨天就跟你說了。」

柳大海怒了，板起臉，揚起了巴掌，孫桂芳見此情形，趕緊擋在了二人中間，好說歹說把柳大海拉進了房間。

「桂芳，你說咱枝兒如果不跟林東結婚，但是全村的人都知道枝兒是跟著他林東出去的，這沒名沒分的，到時候村裏人在背後會怎麼說枝兒，咱倆的老臉又往哪兒擱？」柳大海唉聲歎氣。

孫桂芳道：「大海，兒孫自有兒孫福，東子不是個不負責任的孩子，這點你是清楚的。而且這事也不是你逼就能逼出來的，現在的東子不是以前的那個了。他要是真的跟咱家翻了臉，以枝兒的性子，夾在中間兩頭難做人，還不定做出什麼傻事呢。大海，你可不能逼孩子。」

柳大海點了根煙，悶悶的坐在那兒，一根接一根的抽。他怎麼也想不通自己的閨女是怎麼了，放著那麼好的一個男人，竟然不嫁，莫非是著了魔不成？

柳大海捏著香煙，心想這可不行，等雪停了，他就打算去馬集鎮把馬神仙接到家裏來，請馬神仙幫忙看看女兒是不是中邪了，心想只要馬神仙肯出手，必能幫助女兒清醒過來。

晚飯的時候，林家一家三口圍在飯桌旁。大雪在天剛黑的時候停了，老話說下雪不冷化雪冷，這話一點都不假。雪停之後，外面的北風更加猛烈了，從村莊上空吹過，裹挾著雪花，呼啦呼啦的。

廚房的門關著，仍是有風透進來。

林母在屋裏生了火盆，因而雖然外面是冰天雪地，屋裏卻煦暖入春。一家人圍在桌旁，正吃著火鍋。

「爸媽，過兩天我就得回蘇城了。」

老倆口這才意識到已經是大年初七了，兒子就快要回去工作了，與往年相同，每到兒子離家的時候，他們倆口子心裏總是有些不捨。

「工作要緊，你放心走吧，家裏有我呢。」林父道。

林母道：「東子，我給你織了件毛衣，就快織好了，我熬兩宿夜，爭取在你走之前能穿上。」

「媽，我毛衣那麼多，根本不需要，你幹嘛不給自己織一件？家裏的錢你們別捨不得花，都五十歲的人了，也該享享福了。錢掙了就是留著花的。你和爸辛苦了大半輩子，現在有錢了，一定不要再節省了，看到你們節衣縮食的過日子，我心裏真的很難受。」

兩家老倆口心裏都不是滋味，林母抹了抹眼睛，笑道：「東子，我和你爸知道你孝順，結巴巴的過了幾十年日子，現在一下子有錢了，暫時還沒習慣有錢人的生活，過一陣子就會好的。」

林父也說道：「是啊，你看我不是說要買摩托車的嘛，這是沾了你的光，不然你爸怎麼能買得起摩托車。」

林東道：「爸，買了摩托車之後，千萬不要在外面喝酒。我知道喝了一杯就停不下來。你要是因為喝酒出了啥事，你讓我和媽怎麼辦。」

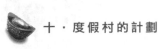

林母眼淚流了下來，說道：「大過年的別亂說話。我會看著你爸的，你放心吧。」

林父道：「兒啊，你爸向你保證，以後在外面絕不多喝。你也是知道，不喝是不可能的，有些情面是不能不給的嘛。我給自己定個度，在外面最多只能喝三兩。」

林東知道自己父親的酒量，一斤白酒都不成問題了，三兩對他而言根本不算什麼，笑道：「爸，這事可是你自己說的，請千萬要銘記在心啊。對了，還有一件事，就是雙妖河上造橋的事情。我打算把錢留給大海叔，讓他統籌指揮。你看怎麼樣？」

林父點點頭，「這事除了他沒人能做，我看就這樣吧。你爸做監工，諒他也不敢偷工減料。」

林東道：「爸，這你得幫我看好了，一旦發現有偷工減料的情況，立即打電話給我，為了以後村民的生命安全，我不怕得罪任何人。」

吃過晚飯，林東穿上厚厚的棉大衣，一腳深一腳淺踩著積雪往柳大海家去了。到了柳大海家門口，大門已經拴住了，他敲了兩下門，就聽柳大海從屋裏傳來的叫聲道：「誰啊？」

「大海叔，是我。」林東答道。

柳大海本來還想罵兩句哪個不知趣的東西那麼晚來敲門，但一聽是林東的聲音，裹上衣服，立馬過來開了門，把林東請進了屋裏。

柳大海家屋裏生了兩個火盆，火燒得旺旺的，將屋內烘得熱燥燥的，門後面放著一個煤爐子，爐子上面坐了一個大肚子銅壺，熱氣從壺嘴裏冒了出來。

林東搓搓手，進來立馬感覺暖和多了。

柳大海問道：「東子，這麼晚了找我啥事？」

林東道：「大海叔，我在家待不了幾天了，馬上就得回蘇城。那麼晚過來找你，就是為了和你商量商量雙妖河造橋的事情。」

柳大海遞給林東一支香煙，把他拉到火盆旁邊坐了下來，「東子，你既然來找叔了，肯定是已經想好了，該怎麼做你告訴我，我聽你的。」

林東道：「大海叔，我不在家，造橋的事情就全拜託給你了。我出錢，你出力，咱們都是為柳林莊做好事。我估摸著在雙妖河上造橋應該花不了多少錢，明天我去銀行開個戶頭，先存五十萬進去。如果不夠的話，到時候你再告訴我。」

「五十萬！」

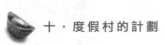

這可是柳大海從未想像過的數字，他雖是柳林莊第一富戶，但家裏也只有五六萬的積蓄，林東這一出手就是五十萬，著實把他驚得不淺。

「怎麼，少了？」林東見柳大海這個表情，笑問道。

柳大海搖搖頭，「不是不夠，五十萬夠在雙妖河上造三座橋了。」

林東道：「大海叔，有一點我得提前跟你說一下，咱們是為村裏做好事，可千萬別把好事做成壞事了。工程的品質一定要好，千萬不能偷工減料。不然出了事，咱們一輩子都難心安。」

柳大海知道林東這話是說給他聽的。這些年他從村裏大大小小的項目中摟了不少錢，這是柳林莊眾人皆知的事情。柳大海面皮發燙。

「東子，你叔在你面前撂下話，誰要是敢偷工減料，我把他的頭摘下來當球踢！」

林東笑了笑，「大海叔，有你這話我就放心了。很快就開春了，造橋的工程很快就可以動工了。我爸已經聯絡好了一幫工人。都是咱們大廟子鎮的人，而且都是有好手藝的人。大海叔，到時候造橋的時候工資咱按高的發，中午管一頓飯。具體的這些到時候讓我爸跟你談。」

「行，我看到時候中午就都在我家吃吧。」柳大海是看到了撈油水的機會，所以才那麼爽快的應了下來。到時候給工人們做午飯的飯菜錢那就隨他怎麼算了。

林東笑道：「在你家最好了，到時候如果嬸子忙不過來的話，你找兩人幫忙。」

柳大海直點頭，心裏已經在估算著怎麼多弄點錢了，工程品質方面他是不敢偷工減料的。一來有林父監工，二來這的確是關係到村民生命安全的大事，所以只能在細枝末節上想點辦法弄錢，工人的伙食這方面無疑是最好下手的。

林東把事情交代了清楚，起身告辭，「大海叔，那我就走了。」

柳大海一直把林東送到門外，然後學著領導幹部的模樣。和林東握了握手。

初八的早上，天晴了，太陽高高的掛在枝頭上方。散發出微不足道的熱力，冰雪開始消融了。

天一亮，林東一早就起來吃過了早飯。趁著現在路上還沒有化凍，趕緊開著車往鎮上去了，否則等到土路一旦開始化凍，加上冰凍的落雪，那他就別打算開車出村了。

到了大廟子鎮，路況稍微好了一點。不過公路上的積雪結冰了，開車要很小心才可以。鎮裏開往縣城的公車輪胎上都已上了防滑鏈，在這種路況下，林東的大奔絲毫發揮不出他優越的性能，只能緩慢的在路上行駛。

北風呼嘯在大地上空，路上兩旁高大挺拔的楊樹被風刮得東倒西歪，樹枝上的積雪抖落下來，落在地上，落在行人的身上。路上的行人個個都低著頭，急速前行。春節的假期結束了，好些人開始返城，路兩旁儘是送親人上車依依不捨的情景。

林東看到一個十六七歲左右的男孩，估計也就是初中剛畢業不久，這麼小就離開家到外面去闖蕩世界，站在路旁等開往縣城的工程，拉著母親的手不停的流眼淚。城裏像他這個年紀的小孩，都還在家長的庇護之下，過著舒服安逸的生活，而鄉下的孩子卻已早早的當起了家，為了生計而背井離鄉。

上午十點剛過，林東就到了縣城，他沒有急著去找顧小雨，而是先去了銀行。進了一家郵政儲蓄所，林東拿自己的身分證開了個戶頭，存了五十萬進去。辦完這件事，一看時間已經快十一點了。

剛從郵政儲蓄所出來，就接到了顧小雨的電話。

「林東，你在哪兒呢？」

林東笑道：「班長，我已經到縣城了。」

顧小雨道：「嚴書記讓我負責來接待你，我現在招待所門口等，你趕緊過來吧。」

林東道：「好，我馬上到。」

掛了電話，林東就朝招待所趕去，到了那裏，瞧見顧小雨正在焦急的等待。她看到了林東的車子，臉上不由得浮出了高興的表情。時值正午，太陽暖烘烘的，縣委招待所前面一點雪都看不到，看來應該是打掃過了。

「班長，不好意思，讓你久等了。」

顧小雨道：「沒事。林東，剛下了場大雪，這一路上不好走吧？」

林東笑道：「是啊，所以一路上開的很慢，都沒自行車跑的快。」

顧小雨引著林東往招待所裏走去，道：「嚴書記也怕你路上不好走，本打算讓我告訴你延期再見的，可我知道你可能急著趕回蘇城，所以就告訴嚴書記不用延期。」

林東笑道：「嚴書記體貼入微，老班長更是深知我心。呵呵，今兒不管路上怎麼難走，這一趟我來的高興，來的開心。」

李德高見顧小雨到了，帶著前不久一起來過的那個男的，越瞅越覺得這兩人真的很般配，郎才女貌，天生一對。

「哎呀，顧秘書，新年好啊！」

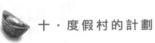

李德高人未到聲先至，爽朗的笑聲隔著幾十米都能聽得到，到了近前，朝顧小雨拱了拱手。

顧小雨笑道：「李所長，新年好。這位是今天中午嚴書記要宴請的客人，就按貴賓的規格來吧。」

李德高這才知道自己想錯了，看來這男的根本就不是顧小雨的追求者，他哈哈一笑，「好，我現在就去準備去。二位，失陪了。」

顧小雨把林東帶到了上次的那個屋裏，裏面的陳設依舊。

「林東，我跟你說說咱們縣裏的情況吧，年年入選全國貧困縣，至於老百姓的收入和生活情況你比我更清楚。咱們縣的財政情況可謂捉襟見肘，每年都是緊巴巴的過日子。縣裏現在還欠著幾大銀行一屁股的債。」

林東笑道：「班長，你跟我說這些恐怕是別有目的吧？咱們是老同學，有什麼不妨直說。」

顧小雨道：「那我就直話直說了。你搞度假村，縣裏可能拿不出太多錢配合你。」

林東早已猜到了顧小雨話裏的意思，笑了笑，「這是嚴書記讓你說的吧？」

顧小雨搖搖頭，「不是，嚴書記沒讓我這麼做。」

林東道：「你是個聰明的秘書，有些話嚴書記不說，但是你也知道要替她說。得虧咱倆是老同學，要是換了別的投資者，我估計嚴書記也不會專案還沒談就開始哭窮。」

顧小雨道：「這不是哭窮，咱們縣是真的窮啊！工商不興，縣裏哪來的收入？」

林東點點頭，他絲毫不懷疑顧小雨的話。其實顧小雨也是為了他好，提醒他要考慮到這個專案的成本和風險性。

「班長，為了促成這個專案，有些地方可以讓步，有些地方不能讓步。比如說交通，從縣城到咱們鎮的路實在是太差了，還有從大廟子鎮到下面各個村的路，到現在還都是土路，一到雨天，那路根本無法行車。就算是晴朗的天氣，那坑坑窪窪的路面，大巴車走上面很容易翻車的。交通問題縣裏必須解決，這是度假村專案能否成功的關鍵！」

顧小雨道：「要想富先修路，縣裏這幾年大部分的財政資金都用到了修路上，如果這個專案能談成，我估計嚴書記會拿出錢解決你剛才所說的問題。至於其他方面嘛，恐怕就有心無力了。」

林東笑道：「這個好辦，我多投點錢，到時候縣裏少征我些稅收。度假村建成之後，會帶動整個縣甚至整個市各行各業的發展，到時候嚴書記也就不愁沒地方徵稅了。」

顧小雨笑道：「這個你得跟嚴書記談，我可做不了主。」

嚴慶楠在十二點左右才到，一進門就連聲向林東道歉。

「林先生，真是不好意思，才頭一次見面就讓你等那麼久，待會我自罰三杯。」

嚴慶楠個子很高，足有一米七，身材可以稱得上「魁梧」二字，竟然穿著一件灰不溜秋的舊棉襖，看上去與個農家婦人無異。若是在路上碰見，林東絕不敢相信眼前這位就是懷城縣的縣委書記。

「嚴書記公務繁忙，我等一會兒又有什麼要緊。」林東笑道。

嚴慶楠邁著大步子，幾步就到了林東跟前，伸出手和林東握了幾下，笑道：「剛過完年，縣裏許多事情要處理，所以就來晚了些，請多包涵。」

二人分賓主落座，聊了一會兒。在這閒聊之中，林東對嚴慶楠有了初步的瞭解，將她定義為一個務實的女人，這是非常難能可貴的。他與蘇城很多官員打過交道，多半是務虛之人，很難有幾個是真正想做事敢做事會做事的。

嚴慶楠給林東的第一印象非常好。

十二點半，李德高進了來，問道：「嚴書記，可以上菜了嗎？」

嚴慶楠道：「肚子早就餓了，上吧。」

李德高退了出去，嚴慶楠把林東請到旁邊的飯桌上。各式美味佳餚如流水般傳了上來。

嚴慶楠笑問道：「林先生是縣裏人，要不就喝咱們縣的懷城大麯吧？」

林東點點頭，「好啊，在這兒就該喝那酒。」

顧小雨從櫃子裏把特供的懷城大麯拿了出來，開瓶為二人倒上，然後垂手立在一邊，這時候她就像個酒店的服務員。

嚴慶楠道：「小顧，林先生是你老同學，這裏沒有外人。你也坐下吃飯吧。」她摸得透林東的心思，瞧見林東多次朝顧小雨看去，心知若是讓顧小雨站著，他也不會吃的好。

顧小雨「嗯」了一聲，隨即坐了下來，除了吃菜倒酒，她一言不發。

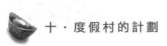

嚴慶楠首先自發了三杯。三杯喝完之後，笑道：

「林先生，你與其他來懷城投資的商人不同，你年輕，有朝氣，又是咱們蘇城本地人，拐彎抹角的話我就不說了，咱們開門見山，抱著真誠合作的態度把事情好好的談一談。」

這正是林東想要的。既然嚴慶楠主動開了口，他當然會配合。

林東說道：「嚴書記快人快語，我很欣賞。懷城是生我養我的地方，雖然我現在在外地發展，但這裏始終是我的家，我的根在這塊土地上，對這個土地以及生活在這塊土地上的人民懷有一種特殊的感情，所以這次回到家鄉，我很想為家鄉老百姓做點什麼。起初我想到了開工廠，但我轉念一想，我不能污染了我山清水秀的家鄉。現在全社會都在喊要走可持續發展的道路，宣導綠色經濟，所以我結合了咱們懷城的當地情況，才想到了要興建度假村。」

嚴書記笑道：

「林先生，不瞞你說，光我這兒就推掉了幾個要在咱們縣城建化工廠的外商投資專案。我的出發點和你一樣，不能讓咱們的後輩呼吸不到新鮮的空氣，當代的發展不能以危害他們的生命安全為代價。」

「舉個例子。十年前我在五原縣工作，那兒是山美水美，去年我在那邊的一個老朋友過世。我去參加他的葬禮，下車之後我簡直不敢相信那兒是我曾經工作過的五原縣！空氣中夾雜著硫磺的味道。天空灰濛濛的。我後來聽說那兒的許多小孩都有不同程度的呼吸道的問題。」

「那次回來之後，更加堅定了我不將污染型企業引進懷城縣的決心。我寧願老百姓窮一點，也不能讓老百姓失去藍天碧水。許多地方打著為謀發展先污染後治理的口號，領導人為了政績好看，單純的追求GDP的增長速度，把藍天白雲搞成了黑山惡水。污染容易治理難啊！」

嚴慶楠說了一通肺腑之言，她是個有原則的人，正是因為她的原則，才導致這麼多年了都沒能往上再走一步。其實嚴慶楠也是倒了一肚子的苦水，好不容易遇到了個話題投機的人，心裏積壓已久的鬱結通過話語全部抒發了出來。

嚴慶楠連喝了幾杯，不過她酒量極好，這點酒對她而言並不是問題。

林東道：「嚴書記，咱們縣的情況我稍稍瞭解一些，但是有幾個問題您一定得幫我解決。」

嚴慶楠道：「什麼問題？你說。」

林東道：「第一個，也是最主要的，是交通問題。往鄉下去的路太差了。」

嚴慶楠當場拍了桌子，「林先生，這個你大可放心，修路之事本來就是在我們的計畫之內。第二點呢？」

林東道：「第二點就是稅收問題。搞度假村不是小數目，投入多，收效慢。你看稅收方面是否可以減免一些。」

嚴慶楠道：「這麼好的專案，我給你五年免稅。」

林東道：「第三點就是土地使用的問題。這一點也請縣裏多多配合。」

嚴慶楠想也未想，說道：「這個也好說，你要哪塊地我給你哪塊地。」

林東笑道：「最後一點，大廟子鎮的大廟我想買下來。」

嚴慶楠愕然一愣，「啥，你要買大廟？」

林東微笑點頭。

嚴慶楠笑道：「林先生，恕我愚昧，你要買大廟幹啥？」

林東道：「嚴書記，大廟是最能吸引遊客前來的名勝！」

嚴慶楠心中更是疑惑不解，以為林東是在說笑，便道：「那座廟我去過，年代是挺久遠的，但名不見經傳，好像跟名勝扯不上邊吧？」

林東道：「如果沒有大廟，我搞度假村就沒有多大的底氣，所以希望嚴書記把大廟賣給我。至於您說的名不見經傳，其實這個很簡單，到時候請國內有名的歷史學家和考古學家做些資料出來，自然可以證明咱們大廟是歷史名勝。」

嚴慶楠笑道：「如果是這樣，那就給你開發吧。」

林東心中狂喜，那大廟對他而言簡直就是一座金礦，道：「嚴書記，多少錢，你開個價。」

嚴慶楠微微一笑，「廟宇是大家的，所以不能賣給你，但是我可以把開發權承保給你，在承包期限之內，隨你如何經營。」

林東微微有些失望，心想一定是他的目的太明顯了，才讓嚴慶楠瞧出了破綻，但轉念一想自己也實在是太過貪心，大廟正如嚴慶楠所言，是全鎮人民所共有的。

「感謝嚴書記那麼支持我，我敬你一杯！」

林東端起了酒杯，與嚴慶楠碰了一下，二人皆是一飲而盡。

嚴慶楠道：「林先生，你打算什麼時候施工呢？」

林東笑道：「越早越好，等我回到蘇城之後，會派一個小組過來實地調研，確定最終的地點以及其他各方面的事情。」

嚴慶楠道：「林先生雷厲風行，我最欣賞的就是你這種說做就做的人。我在這裏向你保證，縣裏一定會在你的度假村造好之前修好公路！」

「那就真是太好了！」

林東端起酒杯，「嚴書記，我再敬你一杯！」

這頓飯賓主盡歡，林東雖是第一次和懷城縣的一把手接觸，卻談得很開，嚴慶楠身上就是有這麼一股子豪情之氣吸引著他。

吃過了飯，嚴慶楠看了一下時間，略帶抱歉的笑道：「林先生，我下午還有個會議，不能多陪你了，實在抱歉。」轉而又對顧小雨說道：「小顧，你替我好好陪陪林先生。」

林東道：「不用不用，既然嚴書記有事，那咱們今天就先到這兒吧。」

嚴慶楠點點頭，「多謝林先生體諒，那咱們走吧。」

林東和嚴慶楠並肩而行，顧小雨跟在嚴慶楠的身後，始終與她保持一定的距離，這是她做秘書以來養成的習慣。

李德高站在招待所的門口，討好似的弓腰送走了林東三人。

嚴慶楠坐上了縣委的小車走了，林東也開著自己的車走了。

回到辦公室，嚴慶楠對顧小雨道：「小顧，你是不是喜歡林東？」

顧小雨臉上閃過一絲慌張，「哪……哪有。」說完慌慌張張的跑去給嚴慶楠泡茶去了。

嚴慶楠哈哈一笑，「一個小女孩的心思我還看不出來，那我這個縣委書記也太菜了。」

顧小雨轉頭一笑，「嚴書記，你也會說『太菜了』這個詞啊。」

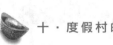

嚴慶楠今天心情不錯，笑道：「小顧，怎麼樣，是不是覺得我很時髦，與時俱進嘛，什麼都得瞭解些。」

顧小雨泡好了茶，把茶杯端到嚴慶楠的桌子上。

嚴慶楠又說道：「小顧，我看林東那小夥子不錯，年紀輕輕就能有如此成就，能力自然不用說了。而且我看人品相貌都很不錯，知道你眼高，但我想他應該還是符合你的要求的吧。」

顧小雨垂下眼瞼，「嚴書記，他是有女朋友的。」

嚴慶楠瞧出了顧小雨的落寞，笑道：「嗨，這算個什麼事啊！天下好男人多的是，你那麼優秀，還怕找不到好男人嗎？」

下午三四點鐘，顧小雨拿著手機走到了走廊上，撥出了林東的號碼。

電話接通之後，顧小雨道：「林東，你什麼時候走？」

這個電話是她猶豫再三才撥打的，她也不知道自己內心的真實想法，很想不撥，卻偏偏撥了這個電話。

林東正在回家的路上，道：「明天或者是後天，怎麼了班長？」

顧小雨道：「沒什麼，祝你一路順風。」說完，她就掛斷了電話。

林東搖搖頭，女人帶給他的麻煩已經漸漸顯現出來，心中告誡自己，再不能去沾花惹草了。

回家的這一路上，他腦子裏想了很多，這次回家要做的事情已經全都做好了，是時候回蘇城了。

到了大廟子鎮鎮上，他先是去了羅恒良的家裏。

中學就快要開學了，羅恒良正在家中備課，見他來了，摘下眼鏡，問道：「東子，你怎麼來了？」

林東笑道：「乾爹，我打算明天就回蘇城了，走之前來看看你。」

羅恒良臉上閃過一絲落寞之色，「哎呀，又要走了啊。去吧，年輕人嘛，老待在家裏算個什麼事。」

林東道：「乾爹，你要多多保重身體，我見你老是咳嗽，還是去醫院檢查看看吧。」

羅恒良擺擺手，「不用去醫院，站了一輩子講臺，肺裏吸了太多的粉筆灰，所以才這樣的。沒事的，你別操心。」

林東道：「大病都是由小病引起的，病從淺中醫，乾爹，你就聽我一句勸。」

羅恒良知道林東是關心他，不忍拒絕孩子的一片心意，說道：「那好，我抽空去醫院做個檢查，好讓你放心。」

「乾爹，那你多保重，我走了。」林東起身道。

羅恒良把他送到車上，「孩子，在外面多行善事，會有好報的。」

林東點點頭，「乾爹，回去吧。你的話我會銘記在心的。」

羅恒良看著林東的車消失在視線裏，這才轉身回了家。走幾步咳嗽幾下，身形佝僂的像是個遲暮的老人。

林東去了邱維佳的家裏，丁曉娟告訴他邱維佳上班去了。丁曉娟打電話問了問邱維佳什麼時候下班，電話打了過去，邱維佳說已經在下班的路上了。邱維佳就在鎮政府上班，離他家幾百米遠，很快就到了家。

「維佳，我來向你辭行了。」林東笑道。

邱維佳手裏夾了一根煙，這是他想遞給林東的，聽了這話，手懸在了半空中，「怎麼，這麼快就要走了？」

林東笑道：「兄弟啊，我回來都十來天了，也該要回去了，那頭還有一攤子事情等著我處理呢。」

邱維佳把煙遞給他，「是啊，你都回來十來天了，時間過得真快啊。」

林東拍拍他的肩膀，「維佳，我這一去又不是不回來了，你就別傷感了。再說老家有我的專案，以後我應該會經常回來的，咱們見面的機會會很多。」

丁曉娟插了一句，「林東，你就快要走了，今晚就在我家吃，和維佳好好聊聊，我這就去做菜。」

林東趕緊攔住了丁曉娟。「嫂子，我明天就要走了。晚上我得回去陪陪爸媽，不能在這吃了。」

丁曉娟看了一眼邱維佳。

邱維佳道：「曉娟，東子不是外人，不講究那些。」

林東和邱維佳聊了一會兒，太陽落山之後，鄉間的土路冰凍了，林東這才離開了邱維佳的家裏。

開車在路上，想到要帶鬼子去蘇城，就給鬼子打了個電話，沒人接聽，林東心想鬼子這傢伙多半又趴在賭桌上了。

快到柳林莊之時，天已經完全黑了。

這時，他的電話響了，林東瞧了一眼螢幕，是鬼子的來電。

「東子，找我什麼事，是不是要出發去蘇城了？」鬼子急問道。

林東道：「是啊，明天就出發，你收拾好了嗎？」

鬼子道：「哎喲，明天我可去不了。」

林東笑道：「鬼子，怎麼，還沒賭夠？」

鬼子道：「嗨，不是不是，昨天不是下雪了嘛，我媽出去把腿摔斷了，我爹死得早，沒人在家伺候她不行啊。下午你打電話給我的時候，我正在醫院呢，那兒人多嘈雜，我沒聽到鈴聲。」

林東心知是誤會了鬼子，鬼子是個孝順的人，這是他們幾個都知道的，「鬼子，大媽怎麼樣了？」

鬼子道：「醫生說沒什麼大礙，就是要在家靜養，什麼活都不能幹。」

林東道：「那你等大媽的傷養好了再去蘇城找我。經濟上有問題嗎？有問題你開口。」

鬼子道：「今年手氣不錯，贏了幾千塊，夠開銷的了。放心吧，如果缺錢用了，我肯定會找你這個大款兄弟借的。」

「工作的事情你別著急，只要你誠心想學好，沒人會瞧不起你，我肯定會幫你的。」林東道。

鬼子道：「我以後肯定不扒竊了，牢裏的滋味不好受，東子，你得給我找個輕鬆的活兒，我這身板幹不了重活累活。」

林東道：「你這傢伙，好吃懶做，我知道了。」

掛了電話，林東就開車進了村，到了柳大海家門前的時候，他把車停了下來。

柳大海一家已經在吃飯了，見林東進來，孫桂芳立馬站了起來，笑問道：「東子，吃了沒？在嬸家吃吧。」

柳大海道：「別廢話了，給東子盛飯去。」

林東拉住了孫桂芳，「嬸子，你別忙活了，我得回家吃，明天就得走了。叔、嬸，我想把枝兒帶去蘇城，希望你們能准許。」

孫桂芳朝柳大海看了一眼，家裏大事都是由柳大海做主。

柳大海放下筷子，說道：

「東子，枝兒沒文化，也沒去過大地方，到了蘇城，你一定得好好照顧她，你倆是從小一起長大的，把她交給你我放心。」

柳枝兒面露喜色，柳大海沒有阻攔林東帶她去蘇城，這是一件多麼值得高興的事啊！

「大海叔，你放心，枝兒在蘇城的一切都有我為她打點，請你們二老放心。」

柳根子忽然道：「東子哥，你也把我帶去大城市吧，我跟著你學做生意，讀書沒勁。」

林東笑道：「根子，忘記上次我跟你說的話了嗎？知識就是力量。那麼小就想出去闖蕩，那是不可行的。樹上的鳥兒你知道吧，雛鳥在翅膀沒硬之前是不敢飛出窩的，這個道理用在咱們人身上也是一樣的。」

柳根子低下了頭，他說不過林東。

柳大海道：「根子，聽到你東子哥的話沒？這是有文化人講出來的話，很有道理，你要謹記！」

林東對柳枝兒道：「枝兒，晚上把要帶的東西收拾好，明天咱們就出發。」

柳枝兒重重點了點頭，她盼望著這一天已經盼了太久了，眼中淚花閃爍，朦朧中彷彿看到了新生活的美好。

請續看《財神門徒》之九　傳奇教父

財神門徒 之8 針鋒相對

作者：劉晉成
發行人：陳曉林
出版所：風雲時代出版股份有限公司
地址：105台北市民生東路五段178號7樓之3
風雲書網：http://www.eastbooks.com.tw
官方部落格：http://eastbooks.pixnet.net/blog
Facebook：http://www.facebook.com/h7560949
信箱：h7560949@ms15.hinet.net
郵撥帳號：12043291
服務專線：(02)27560949
傳真專線：(02)27653799
執行主編：劉宇青
美術編輯：許惠芳

法律顧問：永然法律事務所 李永然律師
北辰著作權事務所 蕭雄淋律師

版權授權：蔡雷平
初版日期：2015年8月
初版二刷：2015年8月20日
ISBN：978-986-352-171-6

總 經 銷：成信文化事業股份有限公司
地 址：新北市新店區中正路四維巷二弄2號4樓
電 話：(02)2219-2080

行政院新聞局局版台業字第3595號 營利事業統一編號22759935

定價：280元 特價：199元

國家圖書館出版品預行編目資料

財神門徒／劉晉成著. -- 初版-- 臺北市：風雲時代，
2015.04 -- 冊；公分

ISBN 978-986-352-171-6（第8冊；平裝）

857.7 104003800